Su único tesoro

This Large Print Book carries the
Seal of Approval of N.A.V.H.

Su único tesoro

Heather Graham

Thorndike Press • Waterville, Maine

Published in 2006 by arrangement with Harlequin Books S.A.
Publicado en 2006 en cooperación con Harlequin Books S.A.

Thorndike Press® Large Print Spanish.
Thorndike Press® La Impresión grande española.

The tree indicium is a trademark of Thorndike Press.
El símbolo del árbol es una marca registrada de Thorndike Press.

The text of this Large Print edition is unabridged.
El texto de ésta edición de La Impresión Grande está inabreviado.

Other aspects of the book may vary from the original edition.
Otros aspectros de éste libro podrían variar de la edición original.

Set in 16 pt. Plantin.
Impreso en 16 pt. Plantin.

Printed in the United States on permanent paper.
Impreso en los Estados Unidos en papel permanente.

Library of Congress Cataloging-in-Publication Data

Graham, Heather.
    [Between Roc and a hard place. Spanish]
    Su único tesoro / by Heather Graham.
        p. cm. — (Thorndike Press large print Spanish)
    "Titulo original: Between Roc and a hard place" —
T.p. verso.
    ISBN 0-7862-8479-X (lg. print : hc : alk. paper)
    1. Divers — Fiction. 2. Large type books. I. Title.
II. Thorndike Press large print Spanish series.
PS3557.R198B4818 2006
  813'.54—dc22   2005035609

Su único tesoro

Capítulo Uno

—¡CAPITÁN! ¡Me parece que hay una sorpresa en la red!

Roc Trellyn avanzó descalzo por la cubierta de madera del Crystal Lee. Se encontraban entre la península de Florida y las Bahamas, hacía buen tiempo y sólo llevaba unos pantalones vaqueros cortos desgastados.

Acostumbrado a pasar la mayor parte del tiempo en el agua, lucía el torso y los brazos muy bronceados y el vello que cubría su pecho se había aclarado hasta el extremo de estar rubio en las puntas.

Roc era un hombre alto, delgado y fuerte al que le gustaba nadar, bucear y navegar. Tenía el pelo oscuro y lo llevaba algo largo pues ya hacía varias semanas que estaba en el mar. Los rasgos de su rostro eran de un gran atractivo, pero no era lo que se denomina realmente un hombre guapo porque el sol y el viento marino habían dejado huellas en su cara. Tenía los pómulos altos, la nariz recta, una boca grande de labios generosos y sensuales y unos ojos impresionantemente azules.

En pocas palabras, era un hombre en el que era imposible no fijarse.

—¡Capitán!

Bruce Willowby volvió a llamarlo. Parecía preocupado. Bruce era el primero de a bordo, su mejor amigo, el hombre que lo había acompañado en muchos viajes. Se habían conocido estudiando Biología Marina en la universidad de Miami y, desde entonces, no se habían separado.

Bruce era alto, delgado, rubio y de ojos oscuros y almendrados.

Toda la tripulación del barco, alertada por los gritos de Bruce, se reunió en torno a la red. Connie, la hermana de Bruce, que era una maravillosa cocinera y una avezada buceadora, estaba a su lado.

Connie era una mujer guapa, que tenía el mismo pelo rubio platino que su hermano y los mismos preciosos ojos oscuros.

También estaba Peter Castro, medio cubano medio estadounidense descendiente de irlandeses, un hombre de pelo oscuro y ojos verdes, menudo y fuerte, que era un as con el equipo de sónar.

Para terminar, Joe y Marina Tobago, un matrimonio de Bahamas que buceaba y nadaba a las mil maravillas.

Había tardes, cuando tenían tiempo, que a Roc le gustaba competir con Joe. A veces ganaba, pero normalmente perdía. Entonces Joe decía que se estaba haciendo mayor y perdiendo facultades físicas.

Por supuesto, aquello hacía que Roc ganara la próxima carrera esforzándose al máximo.

¿Qué era lo que se revolvía en la red?

Toda la tripulación había dado un paso atrás y, al ver que no se trataba de un objeto sino de una persona, Roc comprendió por qué.

Ella todavía no lo había visto y Roc se quedó atrás para que no reparara en él. Desde allí, le hizo un gesto a Bruce, que se encogió de hombros. Roc le indicó que subiera la red.

Mientras lo hacían, se fijó en ella y se dio cuenta de que no había cambiado en absoluto. Seguía siendo increíblemente guapa.

¿Qué le habían regalado las profundidades marinas? ¿Un fantasma del pasado?, ¿una sirena?

Estaba arrodillada en la cubierta, así que Roc no la veía en toda su altura, pero daba igual porque la conocía perfectamente.

Sabía que era alta, delgada y con un cuerpo escultural. En esos momentos, tenía el pelo mojado y pegado a la cara, pero tampoco importaba porque Roc también sabía que era del color de los rayos del sol.

Seguía siendo la criatura más exquisita que jamás había visto.

Cuando levantó la mirada hacia Bruce, Roc comprobó que seguía teniendo los mismos pómulos altos, la misma naricilla patricia y los mismos labios abundantes y sonrosados.

El óvalo de su rostro era perfecto y sus ojos, muy grandes, del color del agua del mar y rodeados de pestañas largas y aterciopeladas, miraban a su alrededor, furiosos.

No era la primera vez que Roc los veía así.

Sin embargo, en esa ocasión miraba enfurecida a Bruce y no a él. Por lo visto, creía que su amigo estaba al mando.

—¡Deberían detenerlo y meterlo en la cárcel! —le gritó señalándole con el dedo—. ¿Cómo se atreve?

Bruce dio un paso atrás sorprendido. Obviamente, se había quedado anonadado por la belleza de la mujer. Pobre Bruce. Bueno, ya era mayorcito para saber lo que hacía.

En cualquier caso, se había dado cuenta de que Roc la había reconocido, así que no tardaría en sumar dos más dos y darse cuenta de quién era.

—Señorita, está usted en nuestra red...

—¡Exacto! ¡Estoy en su red!

Bruce, que siempre se comportaba como un perfecto caballero, se acercó a ella para ayudarla a ponerse en pie.

Pero la mujer le apartó la mano. Obviamente, no quería su ayuda. Y, por fin, se puso en pie. Allí estaba, con su metro setenta.

Roc no pudo evitar sentir una punzada en el estómago. No, no había cambiado en absoluto. Seguía siendo perfecta. Y no era solamente porque llevara un bañador negro que apenas la tapaba, sino por cómo lo llevaba.

Era delgada, pero de curvas perfectas. Tenía piernas largas y musculosas, cintura afilada, caderas perfectas, pechos...

También perfectos.

Roc se cruzó de brazos y se quedó mirándola.

A pesar de lo guapa que era, era la última persona a la que necesitaba ver en aquellos momentos. Ya tenía suficientes problemas con su última misión como para, encima, tener que vérselas con ella.

De repente, sospechó algo. ¿La habrían enviado para espiarlo? ¿La habrían enviado para que averiguase lo que estaba haciendo el Crystal Lee?

Roc no pudo evitar pasear la mirada por su cuerpo. Era perfecta..., un cebo perfecto, un pececillo plateado utilizado para atrapar a la gran captura.

Bruce seguía mirándola fijamente y a Roc le entraron ganas de acercarse a su amigo y cerrarle la boca de un bofetón, pero no quería que ella lo viera todavía, así que resistió la tentación.

—¡Oh! —gritó exasperada—. ¿Cómo puede usted ser tan bestia?

—Lo siento, señorita, pero no sé por qué me habla usted así —se defendió Bruce—. No entiendo nada. No entiendo de dónde ha salido usted. Estamos en aguas muy profundas. Aquí no hay nadadores ni buceadores…

—¡El tipo de pesca que usted lleva a cabo mata a miles de mamíferos al año!

—¡Yo no he pescado un mamífero en mi vida! —le aseguró Bruce.

—¡Me acaba usted de pescar a mí y yo soy más o menos del mismo tamaño que un delfín pequeño! —exclamó ella.

Vaya por Dios, así que se suponía que era una defensora de los derechos de los animales o algo por el estilo.

¿Sería verdad?

Roc dudó.

Estaba seguro de que le preocupaban los delfines. Sí, de eso no le cabía la menor duda. Le gustaba tanto el mar como a él.

Sin embargo, lo que no tenía tan claro era que estuviera allí por los delfines. No, más bien, parecía que había ido por otros motivos.

Seguramente, quería saber qué hacía allí aquel barco. Bueno, a lo mejor tenía suerte y lo averiguaba.

Roc miraba Bruce, que parecía confuso. ¿Todavía no se había dado cuenta de quién era aquella sirena?

De repente, Bruce sonrió y él se dio cuenta de que su amigo tramaba algo.

—Si tiene a usted algún problema, señorita, le aconsejo que hable con el capitán.

—¿No es usted el capitán? —contestó la mujer sorprendida.

Bruce negó con la cabeza.

—En ese caso, quiero hablar con él... inmediatamente.

—No sé si podrá recibirla en estos momentos. ¿Le gustaría tomar algo mientras espera? ¿Una taza de café o un refresco?

—No, no quiero beber nada, gracias. ¡Sólo quiero hablar con el capitán, decirle lo que tengo que decirle y volver a la civilización!

—Está usted entre gente civilizada, se lo aseguro, señorita... —murmuró Connie.

—Perdón —se disculpó la sirena rápidamente—. Me gustaría hablar con el capitán e irme cuanto antes —añadió sonriendo—. De verdad, lo siento mucho, pero me he llevado un susto de muerte. Si me he mostrado desagradable con ustedes, les pido perdón. Es con su capitán y sus prácticas con los que no estoy de acuerdo.

¡Ella no se podía ni imaginar la verdad que encerraban sus palabras!

Roc decidió que había llegado el momento de meterse en el camarote del capitán. El barco no era muy grande y no era fácil encontrar un lugar donde conversar con algo de privacidad, pero debía intentarlo.

Así que se giró en silencio y se dirigió al camarote que había al otro lado de la cubierta. Mientras entraba sigilosamente, oyó cómo Marina Tobago hablaba con la desconocida.

—Venga conmigo, señorita —le estaba diciendo pasándole el brazo por los hombros—. Hago un café excelente. Ya verá como, cuándo se haya tomado una taza, ve las cosas mejor.

Marina la estaba llevando al comedor. Estupendo. El equipo de sónar y todos los demás equipos especiales estaban en la bodega, guardados en los camarotes de la tripulación.

El Crystal Lee no era un barco muy grande, pero el espacio estaba muy bien aprovechado, tan bien aprovechado que Joe y Marina tenían camarote propio, Connie tenía un pequeño habitáculo y Peter y Bruce compartían un salón que había bajo el camarote de Roc.

Roc se sentó y esperó. Estaba realmente sorprendido. Maldición, ¿cómo había aparecido allí?

A lo mejor, no debería estar tan sorprendido. Al fin y al cabo, era digna hija de su padre.

Lo cierto era que tenía el corazón en un puño desde que la había vuelto a ver.

¿Cuánto tiempo hacía?

Casi tres años.

No había cambiado en absoluto.

¿Había cambiado él?

A veces, se sentía como si, desde que no estaba con ella, hubiera envejecido muchos años...

Roc abrió el cajón en el que guardaba una botella de ron caribeño. No solía beber, pero esa noche...

Esa noche necesitaba un trago.

Así que dejó la botella sobre la mesa y alargó la mano en busca de un vaso, pero cambió de opinión y bebió directamente de la botella.

Guau. Aquello quemaba.

Estaba caliente y dulce, le calentó el corazón e hizo que el dolor desapareciera.

Bueno, no por completo.

En ese momento, llamaron a la puerta.

Era Bruce. Llegaba con los ojos muy abiertos y haciendo gestos excitados.

—¡Es ella! —exclamó—. Es ella, ¿verdad? ¿Es Melinda Davenport? No me lo puedo creer. No sé cómo no la he reconocido desde el principio. Claro que las fotografías que he visto de ella no le hacen justicia y, además, siempre la he visto seca, no con el pelo mojado. La verdad es que está diferente. Bueno, lo siento, tendría que haber sido más rápido.

—No te preocupes, a mí también me ha costado reconocerla —contestó Roc.

—¡La verdad es que es preciosa!

Roc asintió.

—Ten cuidado. Es peligrosa. No olvides nunca que es hija de Davenport. Puede ser realmente malvada y dura.

—¡Por cómo lo dices, parece que estuvieras hablando de una bruja!

—Más o menos.

—Quieres deshacerte de ella cuanto antes, ¿verdad?

—No —sonrió Roc echándose hacia delante—. Esto no ha sido una casualidad, ¿sabes? Quería subir a bordo y aquí está, ¿no? Pues ahora que se quede un rato.

Bruce frunció el ceño.

—¿Eso no sería secuestro?

16

—Ha subido voluntariamente a mi barco.

—Más bien, la hemos subido en una red.

—Te aseguro que se ha subido en esa red adrede.

—¡Desde luego, está claro que no te gusta!

—Es una mujer que crea muchos problemas.

Bruce negó con la cabeza.

—Por cierto, al final, ¿estáis divorciados?

La verdad era que no lo sabía. Desde luego, él no había movido ningún papel. Seguramente, ella sí. ¡Ya se habría encargado su padre de que lo hiciera!

Roc siempre estaba navegando y lo cierto era que no le había llegado ninguna notificación, pero, tal y como habían terminado las cosas, de manera furiosa y salvaje...

—Podría ser muy fuerte, ¿verdad? —murmuró.

—¿El qué?

Roc sonrió.

—¡Sería muy fuerte que esa pequeña impostora fuera mi mujer!

Bruce sonrió también.

—Bueno, eso nos ayudaría en caso de que nos acusara de secuestro algún día —bromeó su amigo.

Roc se echó hacia atrás y recordó su breve y ajetreado matrimonio, la pasión, las peleas, las noches de amor.

Llegado a aquel punto, apretó las mandíbulas y dio otro trago de ron.

—Dile a la señorita que pase —le dijo a Bruce—. El capitán la va a recibir.

Bruce sonrió y salió del camarote. A los pocos segundos, la puerta se volvió a abrir.

Melinda. Melly...

Se estaba secando. Connie le había dado ropa seca, unos pantalones blancos sueltos y una camisa blanca de manga corta cuyos extremos se había anudado por encima del ombligo.

El pelo, largo y ondulado, también se le estaba secando. No llevaba maquillaje, nunca lo había necesitado.

Melinda entró con paso decidido y tomó aire, obviamente dispuesta a volcar su furia en el capitán, pero Roc ya se había puesto en pie, dispuesto a recibirla con una gran sonrisa.

—Vaya, vaya, señorita Davenport. ¿A qué debemos este... eh... placer?

Melinda se quedó lívida.

¿De verdad estaba tan sorprendida como parecía?

Roc no estaba muy convencido.

—¡Tú! —exclamó.

Él enarcó una ceja.

—Estas son mis aguas —le recordó con

educación—. Siempre lo han sido.

Le pareció que a Melinda le temblaban los labios, pero se dijo que debían ser imaginaciones suyas.

—Pase, señorita Davenport —le indicó—. Supongo que habrás vuelto a ser la señorita Davenport, ¿verdad? Doy por hecho que te has divorciado de mí.

Al ver que palidecía, supo inmediatamente que no había sido así.

Melinda no se había divorciado de él.

Probablemente, habría creído que él se había divorciado de ella, exactamente igual que él habría creído que habría sido ella la que habría llevado adelante el divorcio.

Oh, no.

¡Aquello era realmente fuerte!

Se puso a reír.

—¡Así que no eres la señorita Davenport! Menuda sorpresa. Esto es casi mejor que pescar a tu ex mujer en alta mar. Claro que tú no eres mi ex mujer.

—Y tú no eres pescador —contestó ella.

—Exacto —dijo Roc muy serio poniendo las manos sobre la mesa—. Exactamente ¿qué haces en mi barco, Melinda?

—Me habéis pescado, exactamente igual que habrías hecho si fuera un delfín, porque no tenéis cuidado…

—¡No mientas!

—¡Cállate! —exclamó Melinda acercándose a él.

Cuando se dio cuenta de que lo tenía demasiado cerca, a una distancia a la que se podían tocar, se paró en seco.

Roc se fijó en cómo le temblaba la voz y en cómo le subían y le bajaban los pechos. Melinda se dio cuenta de que a él se le había entrecortado la respiración.

Inmediatamente, sacudió la cabeza con fuerza.

—Te diga lo que te diga, no me vas a creer, así que ¿por qué no damos el tema por zanjado?

Roc se echó hacia atrás en la silla.

—Me parece increíble que estés aquí.

—Lo es —contestó Melinda—. Si no me hubierais pescado en la red, no estaría aquí.

—Sí, de eso, precisamente, quería hablarte. Obviamente, te has metido en la red a propósito.

—¡Sólo a ti se te ocurriría una cosa así!

—¿No te parece mucha casualidad que te haya pescado justamente mi barco?

—Llévame a puerto —gritó Melinda—. A cualquier puerto. Terminemos con esto cuanto antes.

Roc sonrió.

—No va a ser tan fácil. No tengo intención de ir a puerto.

—Pero yo sí.

Roc se puso en pie, rodeó la mesa y se paró frente a ella.

—Ya, pero te recuerdo que aquí, señorita Davenport, el capitán soy yo y se hace lo que yo diga —le dijo yendo hacia la puerta.

—¡No pretenderás mantenerme prisionera en el barco!

—¿Prisionera? Por supuesto que no —contestó Roc.

—Entonces llévame a puerto.

—Lo siento mucho, pero eso no va a poder ser. Por favor, considérate mi invitada.

—Eres un hijo de...

Roc cerró la puerta al salir para no oír la última palabra, se apoyó en la madera y sonrió, pero era una sonrisa dolorosa.

A continuación, volvió a abrir la puerta.

—Como seguimos casados, puedes instalar en mi camarote —dijo con educación—. Al fin y al cabo, has venido para descubrir qué nos traemos entre manos, ¿no? No se me ocurre otra manera mejor de que lo descubras que compartiendo camarote conmigo.

Roc la conocía bien, así que no debería haberse sorprendido cuando la botella de ron salió volando y se estrelló contra la puerta.

Menos mal que fue rápido cerrándola.

Sonrió encantado, pero se dio cuenta de

que unos dedos gigantes se habían apoderado de su corazón y lo estaban apretando con fuerza.

Entonces recordó que había habido un tiempo en el que aquella mujer no le había parecido dura en absoluto y en el que jamás la había visto como una bruja.

Había habido un tiempo en el que aquellos ojos del color del mar lo habían mirado con pasión, en el que esos rizos rubios se habían enredado entre sus dedos, en el que esas piernas perfectas habían abrazado las suyas, en el que se habían acariciado y se habían quedado mirando las estrellas, soñando...

Pero de eso hacía mucho tiempo.

Aunque siguiera siendo su mujer, era la hija de Davenport.

Y había ido a espiarlos. Roc estaba convencido de ello. Sólo podía hacer una cosa: asegurarse de que no pudiera transmitir ningún tipo de información.

Y sólo había una manera de conseguirlo. Melinda no debía volver a tierra firme hasta que él hubiera conseguido terminar la misión.

Tardara lo que tardara.

Tenerla a bordo tantos días iba ser una tortura.

Roc apretó los dientes.

¡Sí, iba a ser una tortura espantosa, pero

ya se aseguraría él de que fuera una tortura
para ambos!

Capítulo dos

SE había ido.

Melinda se sentó en la silla que había detrás de la mesa y se dio cuenta de que estaba temblando.

¡Así que estaba en su barco! Debería haberlo supuesto, claro que no estaba preparada...

Melinda gimió en silencio y dejó caer la cabeza sobre las manos. En realidad, había rezado para que fuese su barco aunque, en cierta medida, lo estuviera espiando.

En esta ocasión, si podía, quería que las cosas salieran como tendrían que haber salido antes.

Se lo debía.

¿De verdad que había ido por eso?

¿No había sido acaso porque seguía enamorada de él?

Ya no importaba por qué.

Por cómo la había mirado Roc, a pesar de que siguieran casados, lo cual había resultado toda una sorpresa para ella, era obvio que no se alegraba en absoluto de verla.

¿Y qué esperaba? ¿Acaso quería que la recibiera con los brazos abiertos después de lo que le había hecho?

Claro que, por otra parte, el que se había ido había sido él.

Después de que ella se hubiera puesto de lado de su padre. En contra de él, en contra de su marido y, aunque ahora Jonathan Davenport admitía que se había equivocado, que tendría que haber confiado en Roc...

De eso hacía hacía mucho tiempo.

Melinda se daba cuenta ahora de que, a pesar del tiempo que había transcurrido, todavía no había conseguido convencerse a sí misma de que todo había terminado.

Se había comportado de manera ingenua y absurda, y se había equivocado en muchas cosas.

Recordaba perfectamente cómo se había enfurecido cuando Roc se había puesto a insultar a su padre.

Lo cierto era que recordaba perfectamente cómo se habían puesto los dos, se acordaba de los insultos que habían intercambiado, de las acusaciones y las recriminaciones.

También recordaba cómo se había perdido entre sus brazos, creer que la había escuchado, que la había comprendido, que todo volvería a estar bien. Recordaba la tempestad y la calma, la dulzura de hacer el amor después de la pelea...

Y también recordaba no poder creerse

lo que estaba viendo a la mañana siguiente, cuando Roc se levantó y se fue.

Por supuesto, le había pedido que se fuera con él.

Melinda no se podía creer que se fuera a ir, pero lo cierto era que no lo había vuelto a ver desde entonces.

Al principio, al verlo ahora había creído que no había cambiado nada, pero sí había cambiado.

Ahora era tres años mayor, tres años más listo y más determinado, más seguro de sí mismo y más cabezota.

Llevaba el pelo de cualquier manera, se notaba que no se lo cortaba a menudo. Eso debía de querer decir que tenía cosas más importantes que hacer.

Definitivamente, Roc tenía una misión. Su padre le había dicho que, si había alguien capaz de encontrar el Condesa María, era él.

Por supuesto, su padre quería encontrar el barco, pero no se le había ocurrido a él averiguar si Roc también lo estaba buscando.

Aquello se le había ocurrido a Eric una noche en la que estaban todos en un pequeño pub de Cayo Oeste.

Éste sabía que Roc estaba convencido de que el viejo galeón se había hundido entre Florida y las Bahamas, y no más cerca de

Cuba, cómo afirmaban los historiadores.

—Seguro que esta última prueba le tiene loco de contento y ahora mismo está en uno de esos barcos de pesca camuflados. Daría cualquier cosa por saber qué ha descubierto. Melinda, podrías hablar con tu ex y descubrir qué se propone —había sugerido Eric.

Eric, con su maravillosa sonrisa, sabía cómo convencer a una mujer. Aquel hombre alto y rubio, de piel bronceada y músculos trabajados colaboraba con su padre de vez en cuando.

Melinda había intentado que le gustara, había salido con él varias veces e incluso se había divertido, pero había mantenido las distancias.

Habían bailando y se habían besado, pero había conseguido no irse a la cama con él, mantener la amistad o la atracción que había entre ellos o lo que fuera.

Había sido ella quien había mantenido las distancias y no sabía muy bien por qué. Ahora lo tenía claro.

Todo había sido por Roc.

Eric no era Roc.

Ningún hombre era Roc.

A Melinda le había quedado muy claro durante las largas y dolorosas noches que había pasado desde que la había abandonado.

Jamás hubiera imaginado la tortura de aquellas noches, pensando en él, recordando su cuerpo, su aliento, sus caricias y la magia de sus besos, lo maravilloso que era quedarse dormida entre sus brazos, soñar entre ellos, despertarse a su lado.

Melinda se dio cuenta de que le temblaban los dedos. Había sido un error subirse al barco de Roc y debía irse de allí cuanto antes, debía alejarse de él.

Le dolía más estar cerca que estar lejos de Roc, el hombre al que ella había traicionado, el hombre que una vez la había amado con todo su corazón.

Sin embargo, ahora la despreciaba con la misma intensidad, así que no debía soñar ni recordar lo que en otra época había habido entre ellos…

Todo había terminado.

Lo único que debía recordar era cómo la había mirado hacía un rato, como si fuera una serpiente de lengua viperina.

Melinda se estremeció y miró a su alrededor, preguntándose si la habría encerrado con llave.

Roc había dicho que no tenía intención de llevarla a puerto. Entonces ¿qué pensaba hacer con ella?

Tal vez, esperaba que fuera tras él y suplicara clemencia.

¡Jamás!

Todavía le quedaba algo de orgullo.

Ya no lo conocía, no sabía qué sentía su corazón, no sabía si en su vida había otra mujer. Tal vez, la preciosa rubia que había visto en cubierta.

¿Qué debía hacer?

Esperar, debía esperar porque, tarde o temprano, Roc volvería, ¿no?

—Así que esa es Melinda Davenport —dijo Bruce sacudiendo la cabeza.

Roc tomó aire y miró a su amigo, decidido a no revelar el torbellino de emociones que se había apoderado de él.

—Trellyn —contestó.

—¿Trellyn? —repitió Bruce enarcando una ceja.

Roc se encogió de hombros.

—Por lo visto, no se ha divorciado de mí.

—Ah, bueno, pero eso se puede arreglar. En cuanto lleguemos a Fort Lauderdale o a Miami podéis ir a un abogado.

—Sí —contestó Roc acercándose a la barandilla y mirando el mar.

Sabía qué debía dirigirse a puerto inmediatamente, sabía que debía bajar a Melinda del barco cuanto antes, ya que allí no había sitio suficiente para los dos.

—Seguramente está aquí espiando para su padre —comentó Bruce.

—Seguramente.

—Entonces deberíamos deshacernos de ella cuanto antes, ¿no?

—Deberíamos.

—Pero ¿no lo vamos a hacer?

Roc se giró hacia su amigo, se cruzó de brazos y se dio cuenta de que, definitivamente, se sentía malvado.

—Quería subir, ¿no? Pues muy bien, ya está arriba; y se va a quedar un ratito.

Bruce sacudió la cabeza.

—Tú eres el capitán, así que tú mandas.

—Exacto.

—Te recuerdo que es hija de Davenport.

—Sí, pero está en mi barco y, además, sigue siendo mi mujer.

—¿Me estás diciendo que sigues enamorado de ella?

—Por supuesto que no. Lo que te estoy diciendo es que no pienso ir a puerto. Teníamos previsto hacer una inmersión mañana y la haremos. No pienso cambiar mis planes por ella.

En ese momento, apareció Connie.

—¿La conoces? —preguntó preocupada.

—¿Que si la conoce? —rió Bruce—. ¡La conoce perfectamente!

—Es mi ex mujer —contestó Roc.

—Bueno, más bien, continúa siendo tu mujer —lo corrigió su amigo.

Connie los miró confusa.

—¿Cómo es eso? ¿Cómo deja uno de ser ex de alguien así de repente?

—Volviéndose a casar —apuntó Peter Castro—. ¿Qué pasa, capitán?

—¿Te has vuelto a casar con ella? ¿Cuándo? —insistió Connie todavía más confundida.

—Connie, no compliques más las cosas —contestó Bruce mirándola, divertido—. No es su ex porque nunca se divorció de él —le explicó—. Como ninguno de los dos está mucho tiempo en tierra y no lee la prensa ni recoge el correo, los dos dieron por hecho que estaban divorciados, pero no es así.

—¡La hija de Davenport! —exclamó Peter emitiendo un sonoro silbido—. Es obvio que ha venido a espiarnos.

—Tenemos que deshacernos de ella —apuntó Connie.

—Roc no quiere —contestó Bruce.

—¡Obviamente está aquí para averiguar qué estás buscando! En cuanto lo haya descubierto, volverá a decírselo a su padre y vendrán a buscar el Condesa María —dijo Connie con las cejas enarcadas.

—No dejes que te engañe, amigo —advirtió Peter.

Roc suspiró, irritado.

—Por supuesto que no me va engañar. No va a volver a decirle nada a su padre porque no pienso dejar que se vaya a hasta que hayamos encontrado el barco.

Connie dejó escapar una exclamación de sorpresa.

—¿Piensas retenerla durante tanto tiempo? ¿Eso no es un secuestro?

—Ha subido a bordo de manera voluntaria, ¿no? —contestó Roc.

—Bueno, lo cierto es que la hemos subido en una red de pescar —le recordó Bruce.

De repente, Roc se dio cuenta de que olía a quemado.

—¡La cena! —exclamó Connie—. ¡Oh, no! ¡Marina me había pedido que vigilara las patatas! —añadió corriendo escaleras abajo hacia la cocina.

—Parece que la cena ya está lista, así que vamos a cenar —propuso Roc.

—¿Y tu… mujer? —preguntó Bruce.

—Si tiene hambre, ya vendrá. No es tonta, así que ya encontrará dónde está la cocina.

—Si la dejas sola deambulando por el barco, a lo mejor también encuentra otras cosas —le advirtió su amigo.

—No, no creo. Somos muchos y ya tendremos cuidado de que no sea así.

—¿Y qué vas a hacer por las noches? ¿Las vas a pasar en vela vigilándola?

—Bueno, ya encontraré la manera de que no descubra lo que no tiene que descubrir.

—Ya. A mí se me ocurren unas cuantas maneras —sonrió Bruce divertido—. Ten cuidado, esa mujer es realmente bonita. Si la tocas, estás perdido.

—Te recuerdo que fui yo el que la dejó, así que estoy a salvo —contestó Roc.

Por supuesto, no le contó a su amigo que eso había estado a punto de matarlo y que solamente su orgullo le había impedido volver con ella.

Tal vez, tendría que habérsela llevado con él, pero tampoco habría servido de mucho porque ella siempre habría vuelto con su padre.

—Te aseguro que, si esa mujer fuera a dormir en mi camarote, yo no podría pegar ojo —rió Bruce—. Me quedaría mirándola toda la noche y... ¡Ay! —exclamó cuando Peter le dio un codazo en las costillas.

—¡Te recuerdo que es la ex mujer de Roc y no la tuya!

—No es su ex —insistió Bruce.

Roc gimió exasperado.

—Da igual que no sea mi ex. Os aseguro que no quiero nada con los Davenport. Vamos a cenar.

Bruce se encogió de hombros y lo siguió escaleras abajo. Al llegar a la cocina comedor, todos se sentaron a la mesa y Marina les sirvió la cena, compuesta por patatas, verduras y mero al horno.

—Bueno, capitán, ¿y qué le decimos a la sirena si nos dirige la palabra? —preguntó Joe Tobago.

Aquello hizo reír a Roc.

—No sé, depende de lo que os diga —contestó—. Si quiere hablar del tiempo, no hay problema. Si, por ejemplo, le pregunta a Marina la receta del mero, no hay problema tampoco. Si quiere saber algo de nuestro barco o de la búsqueda del Condesa, decidle que venga a hablar conmigo, pero si se ofrece para fregar los platos, ¡dejadla que lo haga!

Marina sonrió.

—¿Tú crees que la hija de Davenport se va a ofrecer a fregar platos?

—Es muy buena marinera —contestó Roc sinceramente.

Lo cierto era que a Melinda le encantaba navegar y, aparte de bucear y nadar estupendamente y de manejar el barco con soltura, jamás había escatimado esfuerzos a la hora de mantenerlo limpio y aseado.

Aunque su padre no fuera un hombre de su agrado, a Roc le gustaba ser justo y lo cierto era que en aquel aspecto había educado muy bien a su hija.

Aquel viejo lobo de mar era muy exigente

consigo mismo y con toda su tripulación, y con su hija más que con nadie.

—Os aseguro que sabe lo que hace, así que, si os cruzáis con ella, ponedla a trabajar.

—Mañana tenemos una inmersión y no hemos encontrado nada aparte de ese viejo barco de la Segunda Guerra Mundial. Ninguna pista. En cualquier caso, Melinda va a saber dónde vamos a realizar la inmersión y si encontramos algo... —apuntó Connie—. Te recuerdo que su padre te robó un tesoro una vez en un abrir y cerrar de ojos.

—No la dejaremos irse hasta que hayamos registrado lo que encontremos —contestó Roc.

—¿Y cómo tienes pensado hacer eso? ¿La vamos a atar? ¡En algún momento tendremos que ir a puerto para comprar provisiones!

—¡Eso dejadlo de mi cuenta! —contestó Roc.

Marina sonrió con picardía y todos callaron.

—¿Quién va a bajar mañana? —preguntó Peter.

—Todos excepto Marina y Joe. Había pensado que Connie y Bruce se quedaran a bordo al día siguiente. Confío en que nuestros esfuerzos den pronto sus frutos.

—¿Sigues convencido de que estamos

buscando en el lugar adecuado? —preguntó Joe.

—Más convencido que nunca.

—Sabes que confío en ti plenamente, pero no me explico cómo es que el sónar no ha detectado nada.

Roc se encogió de hombros y se sirvió un vaso de té con hielo. Había estado a punto de alargar el brazo hacía una cerveza, pero en el último momento pensó que ya había ingerido suficiente alcohol y lo cierto era que prefería tener la cabeza despejada aquella noche.

—Estoy convencido de que el Condesa se hundió aquí. Todo lo que he averiguado indica que estaban mucho más al norte cuando estalló la tormenta de lo que los historiadores creen. Ahora que se han encontrado esas cartas que el marinero mandó a su hermana, estoy más convencido que nunca, porque en ellas se comenta que estaban mucho más al norte de lo que el capitán creía. En cualquier caso, es una corazonada. Estoy convencido de que el Condesa está debajo de nosotros y lo voy a encontrar.

—Lo que pasa es que, ahora que la carta es de dominio público, va venir un montón de gente —comentó Bruce.

—Como nuestra... invitada —señaló Connie.

Roc sonrió y miró a Marina.

—Si te pregunta por el mero, definitivamente, dale la receta porque te ha salido de maravilla.

—Gracias, capitán —contestó Marina agradecida.

—La verdad es que me parece que Melinda debería fregar los platos, ¿no?

—A mí no me importa que lo haga, pero no ha venido a cenar, así que no sé si es muy justo que le toque a ella fregar los platos.

—Bonito dilema —contestó Roc—. Muy bien, esperaremos a que haga algo para ponerla manos a la obra. ¿Qué te parece eso?

—Bien —contestó Marina—. Si el mero está tan bueno, cómetelo de una vez.

—¡A sus órdenes, mi capitán! —rió Roc metiéndose un trozo de pescado en la boca.

A continuación, dio buena cuenta de las verduras y las patatas y se sirvió un plato de ensalada mientras hablaba de la inmersión del día siguiente con su tripulación. Tras fregar su plato, sus cubiertos y su vaso, subió a cubierta.

Muy bien, así que Melinda no había bajado a cenar. Eso podía quería decir dos cosas: bien se había llevado caramelos en el bañador o algo así o que le daba miedo su tripulación.

No, era imposible que Melinda tuviera

miedo de nada.

Entonces Roc se planteó que tal vez estaba confundida porque no esperaba verlo o, a lo mejor, estaba esperando a que volviera al camarote y la invitara a cenar, que le pidiera perdón por haberla tratado como lo había hecho y que le rogara que les hiciera el honor de cenar con ellos.

Podía esperar sentada.

Roc no tenía ninguna intención de rogar a Melinda Davenport, Trellyn o como quisiera que se llamara.

Nunca más.

Le había rogado una vez, le había rogado que se fuera con él y, bien ella no lo había creído capaz de irse, bien no le importaba que lo hiciera.

Roc se apoyó en la barandilla y se quedó observando el cielo. Ya casi había atardecido y el mar estaba oscuro y misterioso. Habían echado el ancla y el barco se mecía suavemente sobre las olas.

La verdad era que era una noche maravillosa, casi tan maravillosa como la noche en la que se habían conocido.

Entonces hacía un mes que había dejado de trabajar para Davenport y estaba trabajando con Bruce y con Connie cuando recibió un mensaje de su antiguo jefe.

Davenport le pedía que volviera a trabajar para él y que se encontraran el viernes siguiente en Largo.

En aquellos momentos, Bruce, Connie y él acababan de sacar a flote las pertenencias personales de un hombre de Connecticut cuyo yate había naufragado en las costas de Florida, así que aceptó volver a trabajar para él.

Una vez en Largo, Jinks Smith, el cocinero y hombre de confianza de Davenport, fue a buscarlo y lo llevó a su barco, que estaba anclado en el puerto.

Al llegar, Roc subió a bordo sin saber que toda su vida estaba a punto de cambiar. Davenport salió a recibirlo, le estrechó la mano con afecto y le dijo que iban encontrar un maravilloso tesoro juntos.

Y, a continuación, le presentó a Melinda.

El sol se estaba poniendo y Roc vio una silueta que se acercaba en la penumbra con movimientos gráciles y sensuales.

Al llegar donde ellos estaban, agarró a Davenport de la cintura, reclinó la cabeza en su hombro y saludó al desconocido.

Llevaba un biquini que resaltaba su increíble figura. Roc recordaba que era del mismo color que sus ojos.

Al instante, sintió una punzada de celos. Entonces no sabía que eran padre e hija. Jonathan Davenport eran unos veinte años mayor que su hija, cumplía cuarenta y un años aquel año y, aunque Roc sabía que su jefe tenía una hija, como nunca la había visto, dio por hecho que esa chica que tenía ante sí era el último ligue de Davenport.

—Roc, te presentó a mi hija, Melinda —había dicho Davenport sacándolo de su error—. A partir de ahora, trabajará para mí. Melly, te presentó a Roc Trellyn, mi mano derecha en este asunto. Seguro que os llevaréis bien.

Melinda estaba ante él, mirándolo con sus ojos verde azulados y su pelo, todavía mojado, formando ondulaciones doradas bajo los rayos de la luz del atardecer.

Roc nunca había sido tímido con las mujeres y había tenido bastante relaciones y suponía que a la edad que tenía entonces, veintiocho años, tanto su mente como su obedecían a su voluntad.

Nunca se involucraba demasiado en las relaciones porque jamás había conocido a nadie que le fascinara más que el mar, pero, cuando conoció a la hija de Davenport, cayó rendido a sus pies.

Aquella sirena lo estaba mirando con intensidad.

—Encantada de conocerlo, señor Trellyn —le dijo estrechándole la mano rápidamente.

Lo había dicho con voz desinteresada y distante. A continuación, se dirigió a su padre.

—No sabía que estuvieras ocupado, papá —comentó, molesta—. Me voy a duchar y ya hablaremos luego, cuando no estés ocupado con los empleados.

Roc sintió como si lo hubiera abofeteado. Pensándolo bien ahora, en aquellos momentos, le habría gustado devolverle la bofetada.

Aun así, consiguió mantenerse digno.

—Disculpa las maneras de mi hija —le dijo Davenport una vez a solas—. Su madre acaba de matarse en un accidente de coche —le explicó—. Ya verás, bucea de maravilla. Acaba de terminar la universidad y va a quedarse con nosotros.

Qué tortura.

Dado que la guapísimas sirena se comportaba de mala manera con él, a Roc no le fue difícil mantener las distancias.

Apenas hablaban y, cuando ella se dignaba a dirigirle la palabra, lo hacía en tono condescendiente.

Sin embargo, en una ocasión, estando en Jamaica, Roc había salido con una amiga de la universidad y no había vuelto hasta la mañana siguiente.

Al hacerlo, se había encontrado a Melinda

41

ayudando a Jinks a servir el desayuno y, de alguna manera, los huevos revueltos habían terminado en su regazo.

—¡Lo siento mucho! —se había disculpado Melinda.

¡Mentirosa! ¡Lo había hecho adrede!

—Vaya, te estarás quemando —había añadido tirándole un cubo de agua fría por encima.

Llegados a aquel punto, Roc perdió la paciencia, la agarró del brazo y la zarandeó, diciéndole que era una maldita niña mimada y que, si se le volvía a ocurrir hacerle algo parecido, la tomaría sobre su regazo y le daría unos azotes en el trasero.

Melinda se había sonrojado, se había zafado de él y se había ido.

Por lo visto, ni ella ni Jinks, que lo había presenciado todo, se lo habían contado a Davenport.

Dos días después, volvieron a tener un encontronazo.

Melinda había hecho una inmersión y estaba tardando demasiado en subir a la superficie.

Aunque Roc estaba consultando unos mapas con la tripulación, se dio cuenta de que sólo le quedaban pocos minutos de oxígeno.

Sin pensárselo dos veces, bajó a buscarla y

se la encontró intentando soltar una cadena de oro de un amasijo de metales.

Inmediatamente, la agarró de la mano y Melinda se volvió hacia él furiosa. Roc le señaló el reloj y Melinda se soltó haciéndole un gesto para que la dejara en paz.

Entonces se le acabó el aire y comenzó a pasarlo mal. Roc la obligó a aceptar su regulador y, al final, cuando se hubo calmado, subieron a la superficie.

Por supuesto, no le había dado las gracias. Estaba furiosa y convencida de que, si la hubiera dejado en paz, habría subido ella sola.

Roc consiguió dominar su enfado, se alejó de ella nadando y no le contó nada a Davenport.

Claro que ya daba igual porque, al día siguiente, llegaron a Bimini y se hospedaron en el enorme hotel del casino.

Roc había recogido las llaves de su habitación y había subido dispuesto a instalarse cuando, al entrar en el baño para dejar sus cosas, se encontró la ducha ocupada.

Melinda estaba saliendo de ella, con el pelo mojado y pegado alrededor del perfecto óvalo de su cara.

Por supuesto, los ojos de Roc fueron más abajo. Al instante, sintió la tensión que siempre sentía en su presencia, pero multiplicada por mil.

Maldita mujer.

Era una bruja.

Roc no entendía la atracción que sentía por ella, así que hizo un gran esfuerzo para volver a mirarla a los ojos.

—¿Cómo te atreves? —le espetó ella tirándole una toalla a la cara.

—¿Yo? ¡Ésta es mi habitación!

—Ha debido de haber un malentendido porque también es la mía. En cualquier caso, haz el favor de marcharte inmediatamente. No lo habrás hecho adrede, ¿verdad?

—¡Por favor, princesita! ¡Preferiría vérmelas con una barracuda! —exclamó Roc saliendo del baño con las mandíbulas apretadas de enfado y frustración.

Y entonces sucedió algo sorprendente. De repente, oyó su nombre dicho con mucha dulzura.

—¿Roc?

Roc se giró hacia ella y se la encontró envuelta en una toalla y mirándolo con intensidad.

—Perdón. La verdad es que me he portado mal contigo desde el principio y quiero pedirte disculpas. Ha sido porque te veo muy cerca de mi padre y yo ahora lo necesito mucho y... —sonrió—. Bueno, tengo celos.

Roc sintió un nudo en el estómago. Aquella mujer era guapa y vulnerable y, de repente, se había vuelto suave como la seda. Al instante, se dio cuenta de que se había metido en un buen lío.

No debía acercarse a ella. Debía aceptar las disculpas, decirle que sentía mucho la muerte de su madre y salir de allí cuanto antes.

De lo contrario, se vería atrapado para toda la eternidad. Si probaba la fruta prohibida, no había escapatoria.

Pero Melinda tenía los ojos llenos de lágrimas y Roc se sintió obligado a dar un paso hacia ella y abrazarla.

—Lo siento —le dijo con dulzura—. Siento mucho la muerte de tu madre. Sin embargo, es verdad que te has comportado muy mal conmigo y, por eso, no te pido disculpas por mi propio comportamiento.

Aquello hizo que Melinda sonriera.

—Tu padre me contó lo del accidente.

—¿Te lo ha contado todo? —murmuró Melinda—. ¿Te ha contado que mi madre estaba borracha y causó el accidente?

—No, eso no me lo había contado —admitió Roc.

Melinda lo miró con los ojos llenos de dolor.

—Lo intenté, te juro que lo intenté durante años. Intenté que dejara de beber, pero fue imposible. Supongo que no estuve a su lado todo lo necesario. Soy una hija espantosa...

—Melinda, por favor, no digas eso, no te sientas culpable. Por supuesto que sientes su pérdida y la echas de menos, pero no olvides que el alcoholismo es una enfermedad.

Melinda lo miró a los ojos y Roc vio en ellos vulnerabilidad y confianza. De repente, se encontró deseando besar las lágrimas que le corrían por las mejillas.

Melinda le había pasado los brazos alrededor del cuello con fuerza, la toalla se estaba escurriendo y Roc sólo llevaba unos pantalones cortos y unas sandalias.

Sentir su cuerpo tan cerca lo estaba torturando. Sentía los pezones erectos en el torso. Sus labios se encontraron y ambos se besaron con pasión, entrelazando las lenguas…

Roc sintió que se perdía y no le importó. La toalla había caído al suelo y ellos habían terminado en la cama.

Melinda no paraba de besarlo y de acariciarle los hombros y Roc comenzó a deslizar los labios por su cuello, acercándose peligrosamente a sus pechos, explorando.

Melinda se apretaba contra él, suave, dulce, excitada, arqueando el cuerpo bajo sus caricias.

Roc estaba fascinado por la mujer que tenía entre sus brazos, tentado más allá de la cordura.

No podía parar de besarla, de recorrer su

cuerpo con la boca, parando de vez en cuando en los lugares más íntimos de su anatomía.

Melinda tampoco parecía capaz de dejar de acariciarlo, gemía de manera excitada, se retorcía de placer y gritaba su nombre.

Roc sentía que se estaba volviendo loco, pero consiguió controlarse y hacer que todo fuera despacio, conseguir que Melinda lo deseara con la misma intensidad que él la deseaba a ella.

No la tomó hasta que no pudo aguantar más y, cuando lo hizo, se sorprendió, pero ya era demasiado tarde.

Melinda se había puesto tensa, agarrotada. Por supuesto, era de esperar que a su edad supiera lo que iba a sentir, pero, tal vez, la dulzura se había mezclado con el dolor y no había sabido reaccionar.

Sin embargo, apretó los dientes y comenzó a moverse al mismo ritmo que Roc. Pronto, bajo las expertas caricias de éste, olvidó el dolor y se entregó al placer.

Cuando alcanzó el clímax, Roc sintió como si fuera la primera vez que hacía el amor. Estar con ella era una experiencia volátil, explosiva, estremecedora y dulce a la vez. Sin embargo, tras la pasión, se dijo que estaba loco, que lo último que tenía que haber hecho era acostarse con la hija de Davenport.

Pero lo cierto era que la deseaba desde el mismo instante en el que la había conocido.

¡Claro que Melinda podría haberle advertido!

Roc se sintió furioso de repente y, cuando se lo comentó, ella también se enfadó y le espetó que ella elegía a quien le daba la gana para perder la virginidad.

—¡Quería que fuera contigo! —murmuró tapándose con las sábanas de manera muy digna—. Por eso me comporté de manera tan cortante e incluso llegué a tirarte los huevos encima cuando saliste con tu amiga. Tenía celos.

—¿Ah, sí?

—Sí, no quería que salieras con otra mujer —admitió Melinda.

Eso hizo reír a Roc, que se sentía intrigado y, en cuestión de minutos, estaban otra vez abrazados y besándose, avanzando de nuevo hacia la magia.

Melinda no quería contárselo a su padre inmediatamente, así que no lo hicieron, pero, al cabo de una semana, Roc comenzó a sentirse molesto ya que le parecía que estaban engañando a Davenport.

Así se lo hizo saber a Melinda y le dijo que, para él, era o todo o nada porque estaba enamorado de ella y quería casarse.

En aquella ocasión, Melinda no protestó,

se limitó a sonreír, a abrazarlo con fuerza y a asentir.

Roc no se había sentido tan feliz en su vida.

Pero las cosas cambian...

Roc se apoyó en la barandilla y se dio cuenta de que había anochecido por completo. Las estrellas estaban comenzando a invadir el cielo.

—Eso era entonces y ahora es ahora —dijo en voz alta.

Instintivamente, se dio la vuelta, pero comprobó que no había nadie en cubierta. Obviamente, los demás estaban durmiendo.

Eso le hizo recordar que Melinda estaba en su camarote. ¿Qué iba a hacer ahora? ¿Dónde iba a dormir?

Al imaginársela en su cama, se le aceleró el pulso. A veces, conseguía olvidar las peleas, pero nunca había llegado a olvidar el tacto de su piel, de su pelo, sus curvas, su trasero, sus pechos...

Muy bien, había sido muy listo, había dejado a su mujer encerrada en su camarote y ahora no tenía dónde dormir. Seguramente, Melinda estaría ya acurrucada en su cama.

Roc se asomó y vio que la puerta de su camarote estaba abierta. Pocos segundos después, vio aparecer la naricilla de Melinda, que miró a un lado y a otro antes de aventurarse al pasillo.

Debía de tener hambre.

¿Hambre? ¡No, esa bruja estaba buscando algo y sabía muy bien lo que estaba haciendo, porque iba directa a la última bodega, que era donde tenían el sónar!

Roc la siguió en silencio y esperó a que estuviera enfrente de la pantalla para dirigirle la palabra.

—¿Buscas algo? —murmuró con educación.

Melinda gritó asustada y salió corriendo. Roc la siguió y la atrapó justamente cuando se disponía a subir las escaleras, tiró de ella, haciendo que perdiera el equilibrio y él también lo perdió.

Y cayeron juntos al suelo.

Capítulo tres

SEGURAMENTE tendría que haberlo sentido por ella porque, aunque intentó cambiar de posición mientras caían, Roc cayó sobre Melinda y fue una caída dura.

Sin embargo, ella no gritó. Simplemente, se quedó mirándolo furiosa e indignada. La única luz que había en la habitación era la verde que emitía la pantalla del equipo de sónar.

Sí, tendría que haberlo sentido por ella, pero no lo sentía porque estaba espiándolos.

Roc se colocó de lado, apoyó un codo en el suelo y sonrió.

—¿No te parece romántico? —bromeó.

Melinda apretó las mandíbulas.

—¿Romántico? Me has roto todos los huesos del cuerpo.

—Si esos huesos se hubieran quedado donde tendrían, no habrían corrido el riesgo de romperse.

—¿Te importaría quitarte de encima, por favor?

Roc sonrió y se dio cuenta de que todo

su cuerpo estaba en tensión. Melinda estaba demasiado cerca y sentía su calor.

Aunque estaba muy enfadado, tenía unas inmensas ganas de desnudarla y hacerle el amor allí mismo.

—Sabes que a los espías se los colgaba, ¿verdad? Primero se los torturaba y luego se los colgaba. A veces, se les pegaba un tiro —la informó con educación.

—Yo no estaba espiando.

—Ya, claro, estabas buscando cómo ir a proa, ¿verdad?

Melinda intentó quitárselo de encima empujándole en el pecho, pero Roc no se movió.

—¿Quieres que te dé una patada?

—Claro que no —contestó Roc tumbándose por completo sobre ella.

—Roc...

—Melinda.

Ella tomó aire, exasperada.

—Estabas espiando, Melinda.

—Me habéis subido a bordo en vuestra red...

—Te has metido en esa red adrede. Sabías perfectamente lo que estabas haciendo. Sabías perfectamente que este barco está buscando el Condesa y estoy dispuesto a afirmar que sabías que era mi barco. Claro que daba igual que no lo fuera, porque habrías sonreído con esa sonrisa tuya y esos ojos inocentes al capitán, habrías obtenido toda la información que hubieras querido y habrías vuelto corriendo para informar a papá, ¿verdad? Porque...

Roc se interrumpió al sentir un intenso dolor en la mejilla. Melinda lo había abofeteado.

—¡Davenport debe de estar realmente desesperado! —comentó mirándola, furioso—. ¡Cómo se le ocurre lanzarte en mitad del océano y creer que no te va a pasar nada!

—¡Esto no tiene nada que ver con mi padre! ¡Él jamás me habría dejado hacer algo así! —contestó Melinda con lágrimas en los ojos.

—Venga, Melinda, los dos sabemos que nadas muy bien, pero no esperarás que me crea que has llegado nadando a alta mar...

—Yo no he dicho eso. He dicho que mi padre no ha tenido nada que ver con esto. La idea fue mía.

—¿Se te ocurrió a ti venir a espiar?

De nuevo la vio apretar los dientes.

—Si sigues así, te vas a quedar sin dentadura —le advirtió—. Y si mal no recuerdo...

—¡Nunca te mordí!

—Me parece que tenemos recuerdos diferentes de nuestra relación.

Melinda intentó de nuevo quitárselo de encima, pero Roc no cedió.

—¡Cómo no te quites de encima...! —gritó.

—¿Qué? ¿Vas a llamar a papá?

—¡Quítate! —insistió clavándole las uñas en los brazos.

Roc la agarró de las muñecas y la miró a los ojos.

—¿Qué tal si me lo pides por las buenas?

—Eres odioso.

—Eso no es pedir las cosas por las buenas.

—Te advierto que...

—Melinda, estás en mi barco y estás espiando. Debería llamar a la policía para que te detenga.

—Yo no estaba espiando.

—¿Ah, no? ¿Y qué haces aquí abajo?

—Estaba buscando la radio.

—¿Para contarle a papá que has llegado bien al destino?

Melinda no respondió a la pregunta.

—¿Te importaría, por favor, dejar que me levante?

Roc se quedó pensativo. Lo cierto era que enfadarse con ella no le estaba sirviendo de nada y tenerla tan cerca lo estaba sofocando y estaba haciendo que su libido se descontrolara.

No podía seguir mucho más tiempo tan cerca de ella.

—Eso sí que ha sido pedirlo con educación —reconoció poniéndose en pie y tendiéndole la mano para ayudarla.

Melinda se puso en pie ella sola, pero Roc se impacientó, la agarró del brazo y tiró de ella.

Craso error.

De repente, la tenía mucho más cerca que antes. Percibía su olor.

—¿Puedo utilizar la radio? —preguntó Melinda.

—No, pero me voy a poner en contacto con tu padre para decirle que estás bien.

—Prefiero hacerlo yo.

—No.

—¡Te repito que mi padre no sabe nada de esto!

Hubo algo en cómo lo había dicho que hizo que Roc la mirara a los ojos y se diera cuenta de que estaba desesperada y decía la verdad.

—Está bien. ¿Quién te ha dejado en alta mar dando por hecho que te iba a recoger algún barco en sus redes de pescar y que no te iba a pasar nada?

Melinda dudó.

—¿Qué más da? Por favor, déjame utilizar la radio…

—No. ¿Con quién estás en todo esto?

—No es asunto tuyo.

—¿Con quién?

—Con Eric Longford —contestó Melinda por fin.

Longford.

Roc sintió que la ira se apoderaba de él.

Longford.

Odiaba a aquel hombre. No era más que un ligón de playa. Era una persona realmente poco inteligente que había tenido la suerte de estar en el momento apropiado en el sitio preciso y de conocer a las personas adecuadas para hacerse un nombre en las tripulaciones y poder vivir del mar.

Roc y él se habían comportado siempre civilizadamente cuando se encontraban, pero nunca se habían caído bien.

A Roc le parecía un tipo peligroso para sí mismo y para la gente que lo acompañaba. Por ejemplo, era un buceador que jamás tenía en cuenta el tiempo ni el oxígeno y, además, no respetaba los arrecifes de coral que había en Florida y en las Bahamas y echaba el ancla donde le apetecía.

Y lo peor era que le encantaba coleccionar mujeres y siempre le había gustado Melinda. A Roc le molestaba sobremanera que ella hubiera visto algo en un tipo así.

—¿Eric Longford? —repitió intentando controlarse.

¿Se habrían acostado?

Le entraron ganas de matarlo.

—No es lo que tú piensas...

—¿Cómo sabes lo que yo pienso?

—¡En cualquier caso, me da igual! —exclamó Melinda de repente—. Te recuerdo que me abandonaste...

—De eso nada. Yo no te abandone. Tú elegiste a otro hombre, elegiste a tu padre, pero, en cualquier caso, elegiste a otro hombre. ¡Y ahora Longford!

Melinda se quedó mirándolo muy seria.

—Llevas navegando tres años sin haberte preocupado en lo más mínimo por mí, así que no me vengas ahora con ésas. Lo único que sé es que me mantienes retenida en tu barco y, por lo tanto, deberías dejarme utilizar la radio.

—Muy bien, ¿quieres ponerte en contacto con Longford? ¡El muy cretino te deja en alta mar para que te juegues la vida y quieres ponerte en contacto con él...!

—Ya te he dicho que todo esto ha sido idea mía.

—¡Tu padre jamás habría permitido que te metieras en algo así!

—Roc, por favor...

—¿Tu padre está navegando también? —preguntó Roc con impaciencia.

—No lo sé...

—¡No mientas!

—Supongo que sí.

—Muy bien, entonces, nos vamos a poner en contacto con él. Luego, si quiere, ya hablará con Longford —contestó Roc agarrándola de la mano con fuerza.

—¡Ay! —se quejó Melinda.

—¡Venga, vamos!

—Ya voy —contestó Melinda indignada.

—Y cállate. Mi tripulación tiene que trabajar mañana y está durmiendo.

—¡El que está gritando eres tú!

Sí, estaba gritando y le apetecía chillar y golpear a Longford. Furioso, subió las escaleras y se dirigió a su camarote. Una vez allí, encendió la radio, encontró su frecuencia y se identificó.

—¿Cómo se llama el barco de tu padre? He oído que se ha comprado uno nuevo.

Melinda no contestó.

—Melinda...

Ella suspiró.

—Creo que está en el Tiger Lilly, pero preferiría llamarlo yo.

—No —contestó Roc con rotundidad.

Acto seguido, volvió a identificarse y pidió hablar con el Tiger Lilly.

Minutos después, escuchó la voz de Davenport.

—¿Roc?

Éste parecía sorprendido.

—Sí —contestó Roc—. Quería que supieras que tengo una cosa tuya. Cambio.

Davenport se quedó en silencio unos segundos.

—¿Melinda? ¿Te refieres a Melinda? Cambio.

—Se va a quedar conmigo un tiempo. Está bien.

Roc se sorprendió al oír lo que parecía un suspiro de alivio.

—Así que está contigo. Cambio.

—Sí. Cambio.

Roc miró a Melinda, esperando que su padre estallara y le dijera que mandaba a alguien inmediatamente a buscarla.

—¿Está sola? Cambio.

—Sí. Cambio.

Davenport volvió a suspirar aliviado y, entonces, Roc se dio cuenta de algo importante. El padre de Melinda odiaba a Longford casi tanto como él.

Davenport no estaba enfadado porque su hija estuviera con él porque eso quería decir que no estaba con Longford.

Sólo pensar en aquel canalla hacía que Roc se pusiera furibundo. Quería saber exactamente lo que Melinda hacía con él, hasta dónde llegaba su relación.

No, mejor dicho, no lo quería saber.

Sí, sí lo quería saber.

Quería que Melinda le dijera que no había habido nada entre ellos.

—Melinda, ¿se puede saber...?

En aquel momento, Melinda arrebató la radio de manos de Roc.

—¡Soy una mujer hecha y derecha, papá!

—Muy bien, muy bien, hija —contestó Davenport—. Lo estás buscando, ¿verdad, Roc? Cambio.

—¿A quién? Cambio.

—Al Condesa. Cambio.

—Como de costumbre, busco aquí y allá. Cambio.

—Bien, buena suerte. Hasta que nos volvamos a ver, cuida de mi hija. Buenas noches. Corto y cambio.

Roc apagó la radio y miró a Melinda.

—Bueno, no parece muy preocupado.

—Es muy tarde, así que me voy a la cama —contestó Melinda levantando el mentón en actitud desafiante y girándose para salir del camarote.

—¡Un momento! —exclamó Roc.

—¿Qué quieres ahora?

—No confío en ti, así que bajaremos juntos.

Melinda lo miró exasperada.

—¡Te recuerdo que no puedo ir muy lejos y ya sé que llevas un equipo de sónar a bordo y que estás buscando el Condesa! —le espetó—. ¡Aunque no hubiera subido a tu barco, no hace falta ser muy listo para darse cuenta! Siempre dijiste que ese galeón estaba aquí. Yo lo único que he hecho...

—Es subir a bordo de mi barco para ver si lo había encontrado o no y, de ser así, salir de aquí corriendo para contárselo a tu padre... ¡o a Longford!

—¿Cómo te atreves? —exclamó Melinda, furiosa.

Roc se encogió de hombros.

—Claro que pudiera ser que ahora trabajaras sola.

Conocía a Melinda y tendría que haber previsto su reacción. Y tal así había sido. A lo mejor lo que había estado buscando era que se abalanzara sobre él.

Eso fue exactamente lo que ella hizo. Se abalanzó sobre Roc golpeándole el pecho con los puños cerrados.

Roc le agarró las muñecas y se las puso a la espalda para que no pudiera seguir pegándole.

Melinda echó la cabeza hacia atrás y lo miró furiosa.

Barco tocado.

Esa mujer podía hacerle daño sin mover un dedo. A pesar de la tortura, Roc estaba encantado de tenerla entre sus brazos.

—¡Yo no trabajo para nadie! —exclamó Melinda furiosa—. Si no fueras tan primitivo…

—¿Me contarías la verdad?

—Sí —contestó Melinda—. Es una pena que seas tan primitivo. Ahora, si no te importa, te agradecería que…

—¿Y Longford?

—¿Y a ti qué te importa? —gritó Melinda exasperada—. ¡Me abandonaste!

—No fue exactamente así.

—¿Cómo que no? ¡Te fuiste!

—Tú me abandonaste a mí.

—¡Pero si yo ni me moví del sitio!

—No hace falta moverse para abandonar a una persona.

Melinda se echó hacia atrás con fuerza y consiguió zafarse de él. Acto seguido, se giró y le dio la espalda.

—Es muy tarde —repitió.

—Tienes razón —contestó Roc indicándole las escaleras—. Después de ti.

Melinda se giró y lo miró.

—¿No estarás pensando en tirarme por las escaleras?

—No, prefiero echarte a los tiburones aunque, ahora que lo pienso, no sé si te atacaran porque ya sabes que no suelen atacar a los de su misma especie.

—¿De verdad? Entonces, creo que tendrías que ser tú el que se tirara al agua.

Roc se quedó mirándola y, de repente, sintió haber perdido el control y haberse comportado así.

Lo cierto era que en cuanto la había oído hablar de Longford no había medido sus palabras.

—Tienes razón. Es tarde. ¿Qué te parece si hacemos las paces?

Melinda lo miró confusa.

—Lo digo de verdad —suspiró Roc—. Te pido perdón. No tengo intención alguna de empujarte por las escaleras ni de echarte a los tiburones. Más que nada, porque a los pobres animalitos les darían indigestión. Era broma, era broma. Estoy decidido a devolverte a tu padre o a Longford enterita.

—Roc...

—Baja, Melinda. De verdad, estoy cansado y no quiero seguir discutiendo. Comprenderás que no esperaba que aparecieras en mi barco como lo has hecho, así que es normal que no esté dando brincos de alegría. A lo mejor, si dormimos un poco, mañana estaremos de mejor humor y las cosas irán bien entre nosotros.

Melinda se quedó mirándolo en silencio unos segundos. Acto seguido, se giró y comenzó a bajar las escaleras.

Roc la siguió.

Melinda se dirigió al camarote del capitán e hizo amago de cerrar la puerta a toda velocidad, pero Roc se lo impidió.

—Me dijiste que me quedara aquí —dijo Melinda.

—Exactamente —contestó Roc abriendo la puerta y entrando al camarote.

Melinda se apartó de él.

—Si te crees que...

—Melinda, métete en la cama.

—¡Estarás de broma!

—No, no estoy de broma —contestó Roc sentándose y poniendo los pies sobre la mesa.

—¿Vas a dormir ahí?

—Sí.

Melinda se mordió el labio inferior y, al cabo de unos segundos, se giró y se dirigió al catre, que era amplio y cómodo.

Se tumbó en él, completamente vestida, y le dio la espalda, pero al poco rato se volvió a girar y lo miró.

—Esto no va bien.

—Yo estoy muy cómodo —mintió Roc.

—¿Por qué no te vas a otro sitio? ¡El barco es muy grande!

—Porque le prometí a mi tripulación que te tendría vigilada y pienso hacerlo.

—¿Qué temes que haga?

—Podrías volver a bajar a la bodega donde

está el sónar, consultar nuestros mapas y averiguar nuestros planes.

—Sólo estaba…

—Buscando la radio, ya lo sé, pero prefiero saber dónde estás en todo momento.

—Si hiciera el más mínimo movimiento…

—¡Aquí podría detenerte!

—Te aseguro que no voy a hacer nada.

—Me alegro. Así podremos dormir los dos.

Melinda suspiró exasperada.

—Buenas noches, Melinda.

Melinda se giró con movimientos bruscos.

—¡Esto no va a salir bien! —insistió.

Parecía tan desesperada como él.

Roc echó la cabeza hacia atrás. Aquella silla no era en absoluto cómoda, así que se quedó mirando la cama.

A Melinda se le había secado el pelo y le caía sobre la espalda. Sus curvas eran de lo más tentadoras y provocativas…

Roc suspiró.

Melinda tenía razón.

Aquello no iba a salir bien.

Maldición.

¡Tenía que dormir!

A pesar de tener a una belleza maravillosa durmiendo a pocos metros de él y a pesar de que aquella belleza siguiera siendo su esposa, tenía que dormir.

Aunque la siguiera queriendo.

Capítulo cuatro

SE debía de haber quedado dormido en algún momento y le dolían terriblemente el cuello y la espalda.

Maldición.

Lo cierto era que le dolía todo el cuerpo.

Y allí estaba Melinda, durmiendo plácidamente, abrazada a sus almohadas, disfrutando del maravilloso colchón a medida que había comprado debido a la gran cantidad de tiempo que pasaba embarcado.

Roc maldijo en voz baja, se puso en pie, se golpeó la rodilla con la mesa y maldijo en voz alta.

Miró a Melinda, que ni siquiera se había movido.

Seguía dormida.

Aquello era demasiado, así que salió a cubierta, donde se encontró con Connie, que se dirigía al comedor en traje de baño.

—¡Buenos días! —lo saludó ella—. Bueno, tú no tienes muy buena cara. Hay café hecho.

—Menos mal —murmuró Roc dirigiéndose a la barandilla.

—¿Dónde vas?

—¡A nadar un rato!

—¿Ahora? Pero si apenas ha amanecido. El agua estará helada.

—¡Mejor!

Dicho aquello, Roc tomó carrerilla, saltó por encima de la barandilla y se sumergió en el agua salada, que le dio la bienvenida con su frescor.

A los pocos segundos, volvió a la superficie y nadó un rato. Tenía los músculos atenazados.

Y todo por culpa de Melinda.

Hasta su aparición, la vida le iba bien.

Por lo menos, dormía bien.

Ahora, mientras ella descansaba plácidamente, él tenía el cuerpo completamente entumecido y estaba de un humor de perros.

¡Cómo le gustaría volver a bordo, entrar en su camarote, tomar a la bella durmiente en brazos y tirarla por la borda!

Al subir de nuevo a cubierta, Connie lo estaba esperando con una taza de café. Roc la aceptó sonriente y se apoyó en la barandilla para bebérsela.

—Bueno, me parece a mí que no ha habido reconciliación, ¿verdad?

Roc no contestó.

—Hoy va ser un gran día para bucear —añadió Connie cambiando de tema.

Roc asintió y miró el horizonte.

Connie fue a añadir algo, pero, al ver que Roc levantaba una mano y se tocaba la sien, se calló.

—¿Bebiste demasiado anoche?

—No, no bebí suficiente —contestó Roc pasándole el brazo por los hombros—. ¿Está el desayuno preparado?

—¡Dios mío, el desayuno! —exclamó Connie—. ¡El beicon! —añadió corriendo hacia la cocina.

Roc la siguió.

A lo mejor, el desayuno hacía que el día mejorara.

Claro que tal vez no hubiera manera de mejorar aquel día.

Por lo visto, estaban juntos.

Melinda dejó caer la cortina y se quedó sentada en la cama con el corazón latiéndole aceleradamente.

Se les veía muy bien juntos, muy unidos.

Connie le había pasado la taza de café y sus dedos se habían rozado, habían estado conversando un rato y, al final, Roc incluso le había pasado el brazo por los hombros. Melinda tomó aire e intentó controlar las lágrimas.

¿Qué esperaba? Habían pasado tres años.

Aquel hombre había sido suyo una vez, pero lo había perdido.

Se tumbó en la cama boca arriba con un terrible sentimiento de pérdida, cerró los ojos y rezó para no recordar el pasado.

Jamás olvidaría la primera vez que lo había visto, de pie junto a su padre, tan alto, tan moreno, con aquel cuerpo tan fuerte como el acero.

Jamás había visto a un hombre tan guapo ni tampoco había conocido jamás a una persona que la hiciera sentir tan joven e insegura.

Su padre se había quedado prendado de Roc Trellyn. No paraba de hablar de él, pero Melinda no quería oír hablar de nadie en aquellos momentos.

Estaba demasiado atrapada en su sentimiento de culpa. Aunque ella no había causado el accidente, se sentía mal por no haber estado en casa cuando había ocurrido.

Si hubiera estado, habría podido evitar la muerte de su madre. Por lo menos, en aquella ocasión.

Y, de todas las personas del mundo, su padre debería entenderla mejor que nadie, debería entender cómo era posible amar a su madre, porque era una mujer dulce y guapa, y odiarla a la vez.

Sharon Davenport había muerto dos días antes de cumplir los treinta y nueve años.

Melinda no era capaz de hablar de aquella terrible pérdida con nadie, pero, al menos, estando en compañía de su padre, que también la había amado, se sentía mejor.

Necesitaba a su padre con desesperación y había sentido celos de Roc desde el primer momento.

¡Aunque también absolutamente fascinada por él!

Aquel hombre era mayor que los universitarios con los que ella solía salir, siete años mayor que ella, muy seguro de sí mismo, maduro y responsable. Además, era guapo y tenía un cuerpo maravilloso.

Melinda quería que su padre no se acercara a él, pero sí quería que Roc se acercara a ella.

En algún momento, se dio cuenta de que lo deseaba y, entonces, el miedo se apoderó de ella.

Le daba pánico desear a Roc Trellyn porque parecía que aquel hombre tenía una mujer en cada puerto y eso hacía que se peleara con él siempre que podía, para demostrarle que, aunque otras mujeres cayeran rendidas a sus pies, a ella su presencia no la afectaba.

Y, de repente, un día se vieron juntos en la

misma habitación y Melinda sintió los ojos de Roc sobre ella y sintió que su cuerpo se incendiaba.

De repente, se encontró pidiéndole perdón por haberse comportado muy mal, por haber intentado irritarlo y siempre a espaldas de su padre.

Le pidió perdón porque decidió que, aunque aquel hombre no pudiera ser suyo, podían ser amigos.

Y, entonces, Roc se había acercado a ella y le había hablado de una manera de la que ni siquiera su padre le había hablado nunca, haciendo que la terrible culpa que ella sentía desapareciera.

Melinda recordaba perfectamente haberse perdido en las profundidades de sus ojos azules, haber visto allí la pasión.

Y, al final, fue suyo.

Al recordarlo, no pudo evitar estremecerse, así que decidió ponerse en pie y tomar una ducha.

Mientras el agua corría por su cuerpo, se dio cuenta de que no había habido para ella nadie en el mundo como Roc, nadie que la hubiera abrazado como él, que la hubiera consolado ni amado como él.

Roc era un hombre maravilloso, era un buen jefe, se preocupaba por su tripulación, era un hombre justo y...

«¡Basta!», se dijo.

Si seguía así, iba a volver a desearlo, iba a volver a enamorarse de él...

¡No podía ser!

Entonces ¿qué hacía allí?

Estaba allí para asegurarse de que, esa vez, nadie lo engañara. Melinda quería que Roc encontrara el Condesa y estaba dispuesta a ayudarlo para que no lo engañaran por segunda vez.

Ahora sabía que su padre se había equivocado y, aunque las acusaciones de Roc habían sido graves, había acertado al marcharse.

En aquel momento, no lo había entendido así porque, para ella, su padre había sido el mentor de Roc, lo había tratado como a un hijo y ella había entendido la situación como que Roc le daba la espalda a su padre.

No se le había pasado por la imaginación que Davenport podía estar equivocado, que Roc podía estar en lo cierto. No podía soportar la idea de que su padre hubiera hecho algo mal.

Esta vez, tenía que asegurarse de que todo saliera bien.

Roc siempre había dicho que sabía dónde estaba el Condesa y ahora todo el mundo comprendía que era cierto. En breve, habría allí mucha gente buscando el galeón, pero ese galeón tenía que ser de Roc.

Ella era una buena buceadora y quería ayudarlo.

¿De verdad que sólo quería eso? No, lo cierto era que siempre había querido a Roc y lo seguía queriendo.

Pero era demasiado tarde.

Se había dado cuenta al verlo con otra mujer. Claro que, ¿qué esperaba? Habían transcurrido tres años desde su separación.

Lo cierto era que a Melinda jamás se le había pasado por la imaginación que se iba a ir. No cuando la había estrechado entre sus brazos con tanta ternura aquella noche, no cuando le había hecho el amor con tanta pasión.

Y, sin embargo, se fue a la mañana siguiente...

Entonces el dolor y el vacío se apoderaron de ella y lo único que le impidió correr tras él fue el orgullo.

El orgullo y el miedo, la verdad, el miedo al rechazo, a que Roc ya no la quisiera.

Melinda cerró el grifo, salió de la ducha y se estremeció.

Tres años y allí estaba, en su camarote. ¿En calidad de qué? ¿Era su inesperada invitada o su prisionera?

Y, de nuevo, se había alejado de ella.

Ese pensamiento hizo que las lágrimas

acudieran a sus ojos, pero Melinda se apresuró a secarlas.

De repente, se dio cuenta de que olía a beicon y le entró un hambre terrible pues hacía muchas horas que no comía.

Así que se vistió a toda velocidad, se cepilló el pelo y se miró al espejo. Tenía las pupilas dilatadas, la mirada perdida y era obvio que estaba asustada.

Levantó el mentón.

Mejor, sí, un poco mejor.

Tras tomar aire varias veces, decidió que había llegado el momento de enfrentarse a los demás.

El desayuno estaba servido. Había beicon, salchichas, magdalenas, tostadas, panecillos, huevos revueltos, pimientos y tomates.

Roc había puesto los mapas sobre la mesa y estaba señalando una ruta que partía de su posición en Florida, pasaba por Andros, en las Bahamas, y llevaba a una de las islas más pequeñas.

—Mirad —murmuró enseñándole a su tripulación un mapa más detallado.

En aquel mapa se veían todas las islas e islotes, habitados o no, y los arrecifes peligrosos para los barcos.

—Está aquí, en este arrecife —declaró—.

En cuanto hayamos terminado de desayunar, iremos para allá. Joe...

De repente, se interrumpió.

Melinda había entrado en el comedor. Se había duchado y olía de maravilla. Al principio, ni lo miró.

—¡Buenos días! —le dijo a Connie.

A continuación, miró a su alrededor con una gran sonrisa y le tendió la mano a Bruce.

—Bueno, supongo que todos sabéis quién soy pero, como nos hemos conocido de una manera un poco extraña, me gustaría presentarme. Me llamo Melinda Davenport...

—¿No es Trellyn? —apuntó Connie.

Aquello hizo que Melinda se sonrojara levemente.

—No estoy segura —murmuró sonriendo a Connie y siguiendo con las presentaciones.

—Tú eres el hermano de Connie, ¿no? ¿Bruce? Me lo dijo anoche mientras me dejaba ropa. A vosotros no os conozco —añadió educadamente mirando a Marina y a Joe.

Aquella mujer tenía una sonrisa tan maravillosa que su tripulación debía de estar pensando que era un canalla o un imbécil por no haber podido retenerla a su lado, se dijo Roc.

Todos parecían interesados.

Había llegado el momento de intervenir.

—Te presento a Joe Tobago y a su mujer, Marina —dijo Roc—. Y éste es Peter. Ahora que ya conoces a toda mi tripulación, si no te importa...

—Estoy muerta de hambre —dijo Melinda con inocencia—. Huele muy bien.

Marina asintió orgullosa y se puso en pie de un salto.

—Siéntate —le dijo—. ¿Quieres una taza de café?

—Sí, me apetece un café, pero ya me lo sirvo yo —contestó Melinda viendo la cafetera en el fuego.

Y así lo hizo.

Al volver a la mesa, Roc apretó los dientes y enrolló los mapas.

—¡Uy, perdón! Se me había olvidado que tienes tus secretos.

—Te recuerdo que eres una espía.

—Una prisionera, más bien, ¿no? Y a los prisioneros hay que darles de comer...

—¡Pan y agua! —exclamó Roc.

—Anda, siéntate —le dijo Marina mirando a Roc con dureza—. Estarás muerta de hambre porque anoche no cenaste. Ahí tienes los platos. Sírvete lo que quieras.

—Gracias —contestó Melinda sirviéndose.

Roc se echó hacia atrás en su silla y se

dio cuenta de que Melinda estaba muy a gusto, tan a gusto como la noche anterior en su cama mientras él sufría las torturas de la silla.

—Te pido perdón si ayer me comporté como una maleducada contigo —dijo Melinda a Bruce.

—No pasa nada —contestó Bruce—. Estabas en una red y...

—¡Ya basta! —exclamó Roc, irritado—. Estaba en una red porque era exactamente dónde quería estar. Marina, ¿queda café?

—Sí —contestó Melinda poniéndose en pie.

Roc miró a Melinda con dureza, pero ella le devolvió una mirada inocente.

—Se ve que has dormido bien —comentó él.

—Sí, la verdad es que tu cama es muy cómoda —contestó Melinda.

—Veo que también te has duchado.

—Sí, y me he tomado la libertad de robarte un cepillo de dientes de sobra que tenías en un cajón. Había tantos que he pensado que no te importaría.

En realidad, era Marina la que se ocupaba de que siempre hubiera cepillos de dientes de sobra en el barco y, como su camarote era el más grande, se guardaban en su baño.

Claro que era maravilloso que Melinda

creyera que tenía todos aquellos cepillos de dientes porque muchas mujeres pasaban por su camarote.

Así, al menos, no era él el único que se torturaba pensando en con quién estaría su ex.

¡Longford!

¡Maldición!

Cada vez que pensaba en él, le entraban ganas de agarrar a Melinda de las solapas y zarandearla.

Roc se puso en pie y estuvo a punto de chocarse con Marina, que llegaba con la cafetera.

—Bruce, tenemos que ponernos en movimiento. Hay que levar anclas y zarpar.

—¡A sus órdenes, mi capitán!

Marina le sirvió otra taza de café.

—¿Dónde vamos? —preguntó Melinda con ingenuidad—. ¿Vais a hacer una inmersión?

Roc se dio cuenta de que toda su tripulación había caído bajo el hechizo de aquella mujer y casi esperaba que le dijeran dónde se encontraba exactamente el Condesa.

Menos mal que parecía que todavía le guardaban algo de lealtad y permanecieron en silencio.

—Se supone que a los espías no se les cuenta lo que quieren saber, señorita

Davenport —sonrió Roc.

—Trellyn —murmuró Bruce—. Sigue apellidándose Trellyn, ¿no?

—¡No sé si alguna vez se apellidó así de verdad! —exclamó Roc mirándola a los ojos.

Acto seguido, consiguió desprenderse de su hechizo, se giró y salió del comedor.

—¡Roc! —exclamó Melinda siguiéndolo.

Roc se paró en seco y se giró hacia ella.

—¿Qué? —preguntó con impaciencia.

—Yo también quiero bajar.

—¿Estás loca?

—¿Qué temes? Soy tu prisionera, no tengo adónde ir ni a quién contarle lo que descubra —se defendió Melinda con desesperación.

—Te recuerdo que hay una radio a bordo.

—Sí, pero no me dejas utilizarla.

—No siempre voy a estar a tu lado para vigilarte.

—Pero tu tripulación…

—Ellos no te conocen ni saben lo unida que estás a tu padre —contestó Roc en voz baja para que los demás no lo oyeran.

Lo debía de haber conseguido porque, al mirar por encima del hombro de Melinda, vio que todos se inclinaban hacia delante para intentar oír sus palabras.

Aquello era de risa.

—Ya te he dicho que mi padre…

—Sí, ya sé que fue Longford el que te dejó en alta mar. Todavía peor —contestó Roc girándose y alejándose.

—Roc.

—¡Friega los platos! —le espetó Roc irritado.

Melinda se quedó mirándolo fijamente con los puños apretados y el mentón levantado en actitud desafiante.

Acto seguido, se giró y volvió a la cocina mientras él subía las escaleras y se dirigía al ancla. Una vez allí, puso en movimiento el mecanismo que la levaba.

A los pocos segundos, apareció Bruce.

—Encárgate tú —le dijo Roc dirigiéndose al puente de mando para explorar el horizonte.

Había tenido mucho cuidado y sabía exactamente dónde quería buscar, pero tomaba precauciones y no pasaba la noche nunca cerca del lugar exacto donde estaba el Condesa para no levantar las sospechas de nadie.

Era obvio que no había sido lo suficientemente precavido, porque Melinda lo había encontrado y estaba bordo de su barco, pero, al menos, no lo habían descubierto buceando.

Bruce le dijo que el ancla ya estaba completamente recogida y Roc puso rumbo a las Bahamas, en dirección a una isla desierta situada al suroeste del canal de Providencia, cerca de un peligroso arrecife que había hecho que el mar se tragara a más de un barco que buscaba el Nuevo Mundo.

El Crystal Lee era un barco ligero y rápido y Roc no tardó en sentir el fresco aire de la mañana en la cara. El sol estaba subiendo e iba a hacer calor.

Le sentaba bien sentir la brisa Marina en la cara, le despejaba la mente después de haber pasado una noche terrible.

En poco tiempo, habían llegado a su destino, así que Roc paró los motores del barco y llamó a Bruce para que volviera a echar el ancla.

Se hallaban a unos cuantos metros del arrecife y Roc bajó a cubierta y se encontró con que Melinda estaba en bañador con los demás, esperando pacientemente.

—Bruce, ¿has revisado los equipos? —le preguntó a su amigo sin dejar de mirar a Melinda.

—Sí, Joe y yo hemos revisado todos dos veces.

Joe le ayudó a ponerse las botellas de oxígeno. Connie y Bruce se ayudaron el uno al otro y Melinda ayudó a Peter.

—Tú no vas a bajar —le advirtió Roc.

—Pero…

—No.

—¡No me digas que me vaya a fregar los platos porque ya los he fregado! —le advirtió Melinda—. Además, no me puedes impedir que me meta en el agua.

—Si ves otro barco, el que sea, enciérrala. Podría ser Longford —le dijo Roc a Joe.

—¡Roc, no tienes derecho! —protestó Melinda.

—¡Claro que tengo derecho!

Y, sin esperar contestación, se sentó en el borde del barco, se metió el regulador en la boca y se tiró al agua.

Pocos segundos después, lo único que oía eran las burbujas que él mismo emitía y lo único que veían sus ojos eran las tonalidades azules y verdes del mar.

Qué sensación tan maravillosa.

Aquello era otro mundo, un mundo de silencio que contrastaba con el ruido del mundo de arriba.

Roc se estaba acercando al arrecife cuando oyó que otro cuerpo había entrado en el agua.

Sí, allí estaba, era Melinda.

Se había sumergido sin botellas, sin regulador y sin aletas. Aquella mujer aguantaba la respiración hasta límites insospechados y nadaba como un delfín.

Lo estaba siguiendo y Roc no pudo evitar quedarse mirándola. Nadaba con tal elegancia y naturalidad que cualquiera hubiera pensado que era una sirena, una de las hijas de Neptuno.

¡Maldición!

Cuando pasó a su lado, Roc reaccionó y nadó tras ella. Melinda ya había llegado al arrecife y lo había sobrepasado, estaba llegando al lugar donde había un barco de la Segunda Guerra Mundial hundido.

De repente, se metió dentro y desapareció.

—¡Melinda! —intentó gritar Roc.

Al hacerlo, le entró un poco de agua en la boca, lo suficiente como para hacerlo toser. Maldiciéndose a sí mismo por ser tan estúpido, nadó tras ella a toda velocidad.

Capítulo cinco

ROC siguió a Melinda, que se había adentrado en el pecio a través de una puerta que apenas se sostenía de un par de bisagras.

Allí casi no llegaban los rayos del sol y, tras pasar por los viejos camarotes destrozados, alcanzó el punto en el que el barco se había partido por la mitad.

Había arena, algas, coral y pececillos de todos los colores. La otra mitad del navío yacía unos metros más abajo, un poco apartado.

Allí precisamente se dirigía Melinda.

Roc consiguió llegar a ella a medio camino y la agarró. Melinda lo miró furiosa e intentó zafarse de él.

¿Cuánto tiempo llevaba aguantando la respiración? Aquello era de locos, así que Roc la obligó a aceptar su regulador. Melinda tomó aire e intentó volver a escapar, pero él no se lo permitió.

Acto seguido, le señaló la superficie y le hizo saber por medio de gestos que la iba a subir, quisiera ella o no.

Dicho y hecho. Roc, agarrándola con fuerza, se impulsó dando una patada en el suelo y ambos subieron hacia la superficie.

Mientras subían, sus piernas se tocaron y Roc sintió un estremecimiento por todo el cuerpo. A pesar de que tenía un profundo deseo de estrangularla por lo que había hecho, no podía evitar desearla.

Al llegar a la superficie, Melinda se volvió furiosa hacia él.

—¿Se puede saber qué haces? —le gritó Roc.

—¡Estaba nadando, no buceando! —contestó Melinda irritada.

—¡Sabes que es peligroso!

Melinda se quedó en silencio un momento. Roc tenía razón. Meterse en un barco hundido podía resultar fatal.

—Tú has hecho lo mismo —lo acusó.

—Pero yo llevo botellas de oxígeno.

—Aun así, deberías haber bajado con alguien.

—Si no hubiera tenido que ir detrás de ti, así habría sido.

—¡Suéltame de una vez, que me vas a ahogar!

—Me parece que estoy empezando a entender la situación —contestó Roc—. ¡No has venido a espiar sino a distraerme y a matarme a disgustos para que así tu padre o Longford puedan hacerse con el botín!

—¡Eres tú el que va a acabar conmigo! —se defendió Melinda—. ¡Deberías dejar que te ayudara! ¡Sabes perfectamente que soy buena buceadora!

—¡Al barco! —contestó Roc.

—¡El océano no es tuyo! —contestó Melinda comenzando a nadar.

Roc fue tras ella.

—¡Te he dicho que vuelvas al barco!

—¡Y yo te he dicho que el océano no es tuyo y que yo hago lo que quiero!

—¡No mientras estés en mi barco!

—No estoy en tu barco, estoy en el agua.

—Como no dejes de discutir, te tomo en brazos y te saco del agua yo mismo.

—¡No te atreverás!

—Sabes perfectamente que me atrevo a cualquier cosa, lo cual me hace pensar que me estás desafiando. ¿Es así, señorita Davenport?

Melinda intentó volver a sumergirse, pero Roc la agarró con fuerza de la muñeca y comenzó a arrastrarla hacia el Crystal Lee.

Melinda tenía fuerza y se resistió todo lo que pudo, pero Roc consiguió llevarla hasta la escalerilla y la obligó a subir.

Arriba, Joe y Marina esperaban nerviosos. Una vez en cubierta, Melinda les dedicó una sonrisa y se encerró en el camarote del capitán.

Roc subió también. Muy bien, así que Melinda se había ido a su camarote. Perfecto. Así tendrían un poco de intimidad.

Sí, claro. ¡Con toda la tripulación a pocos metros de distancia!

Joe lo ayudó a quitarse el equipo mientras Connie aparecía también en la superficie.

—Nosotros también vamos a subir —anunció—. No hemos encontrado nada.

Roc apretó los dientes. ¿Qué se proponía Melinda? Él no se había dado cuenta, pero había transcurrido una hora desde que se habían metido en el agua.

Furioso, fue hacia su camarote y, cuando se disponía a abrir la puerta, apareció ella con una toalla sobre los hombros y lo miró furiosa.

Aquello hizo que Roc estuviera a punto de sonreír.

Qué bien la conocía.

Se había metido en su camarote en busca de protección y, cuando se había dado cuenta de que allí no podría encandilar a los demás para que la ayudaran, había decidido salir.

En aquel momento, emergieron Bruce y Peter.

—Nada —murmuró Bruce quitándose las botellas de oxígeno.

—Bueno, hemos encontrado unas calaveras —añadió Peter.

—Ha sido un poco asqueroso —añadió Connie—. Es la primera vez en mi vida que encuentro esqueletos humanos.

—Del Condesa, ni rastro —añadió Bruce.

—Yo sí he encontrado algo —dijo Melinda.

Todas las miradas se giraron hacia ella.

—Puede que sea del barco alemán, pero parece más antiguo.

Tan asombrado como los demás, Roc observó cómo Melinda se sacaba del lateral del bañador un objeto lleno de arena.

En seguida, cruzó la cubierta en dirección a ella, que le tendió el objeto y enarcó una ceja en actitud desafiante mientras sonreía provocadoramente.

—¿Qué es? —quiso saber Connie.

—Parece un cubierto —contestó Melinda.

Roc no había agarrado el objeto. Estaba tan sorprendido que no había podido reaccionar. ¿Cómo demonios había conseguido Melinda aquello sin tanques de aire y con él persiguiéndola?

—¿Roc?

Por fin, él tomó el objeto, que estaba completamente cubierto de arena. Sin embargo, presentía que Melinda tenía razón.

No era muy probable que los barcos

alemanes de la Segunda Guerra Mundial llevaran cuberterías tan labradas y aquel objeto, además, pesaba bastante.

—¿Dónde lo has encontrado?

Melinda se encogió de hombros.

—No me acuerdo exactamente. Tendría que volver a bajar para encontrar el lugar exacto. Resulta que, de repente, he tenido la impresión de que había un tiburón o algo detrás de mí y, cuando me he dado la vuelta, resulta que eras tú. Por supuesto, entenderás que estuviera nerviosa y que no me haya fijado en el lugar exacto donde lo he encontrado.

—Por supuesto —murmuró Roc.

Acto seguido, corrió escaleras abajo y, una vez en la bodega, limpió el objeto y lo examinó atentamente.

Era un proceso lento y había que tener paciencia. Mientras lo realizaba, todos los demás fueron bajando y rodeándolo.

—Chicos, esto es muy pequeño y me estáis agobiando. En cuanto sepa algo, subo y os lo digo, ¿de acuerdo?

—Sí, Roc tiene razón —contestó Joe—. Marina, vamos a tumbarnos un rato al sol.

Connie los siguió a regañadientes.

—Llámame si necesitas algo —se despidió Peter.

Bruce también se fue.

Sólo se quedó Melinda.

—Bueno, lo he encontrado yo —dijo.

—Sí, pero formas parte de mi expedición —le recordó Roc.

—Tú también formabas parte de la expedición de mi padre...

—¡No! No sé qué habría pasado si te hubiera contado la verdad. En cualquier caso, ya es demasiado tarde, ¿sabes? Al final, lo que importa es que elegiste no irte conmigo. Si este cubierto resulta ser del Condesa, haré algo que tu padre no tuvo la decencia de hacer conmigo. ¡Le diré a todo el mundo que lo has encontrado tú!

En cuanto hubo terminado, se arrepintió de sus palabras pues Melinda lo miraba muy tensa y pálida.

Había bajado los ojos y era obvio que estaba nerviosa. Roc no pudo evitar fijarse en el bañador negro que cubría su cuerpo, que no era una creación destinada a seducir en absoluto, pero en su cuerpo...

Roc deslizó la mirada por sus larguísimas piernas, se quedó mirando su cuello, sus labios y se dijo que debía olvidar el pasado, pero se dio cuenta de que, en aquellos momentos, lo que de verdad le apetecía olvidar era la búsqueda del galeón hundido, le apetecía olvidar que había otras cinco personas en el barco...

—No necesito que hagas eso —contestó Melinda con dignidad—. Para mí, lo importante es saber si ese objeto que he encontrado vale algo o no.

Roc se quedó mirando el cubierto y siguió limpiándolo. Le temblaban los dedos.

—Melinda, por favor, déjame solo unos minutos. Cuando lo tenga completamente limpio, te aviso.

Melinda asintió, se giró y comenzó subir por la escalera.

Roc se encontró observando sus movimientos detenidamente, fijándose en sus piernas, en su espalda, en sus nalgas.

Intentó concentrarse en el cubierto, pero sentía que la sangre le hervía y que sus músculos estaban tan tensos como las cuerdas de una guitarra.

Una vez a solas, se dejó caer sobre la silla y se dio cuenta de que la deseaba.

Intentó volver a concentrarse en el objeto que tenía entre las manos y se dijo que Melinda debía abandonar su barco cuanto antes.

Tomó aire varias veces y siguió limpiando el cubierto con mucho cuidado. Al cabo de unos segundos, la corteza de arena y algas se abrió y Roc se encontró mirando un objeto que parecía de plata.

Tras frotarlo con una solución limpiadora, tuvo ante sí una cuchara. Definitivamente, era española y muy antigua…

Tenía que ser del Condesa.

Tras mirarla de cerca, la dejó con cuidado sobre la mesa y consultó la información que tenía sobre el barco.

Según los documentos que operaban en su poder, a bordo del Condesa había ochenta y ocho cucharas de plata marcadas con una corona.

Volvió a mirar el objeto que Melinda había encontrado y se dio cuenta de que de nuevo le temblaban los dedos.

Estaban muy cerca.

El Condesa estaba allí mismo… en algún lugar…

Roc se puso en pie, agarró la cuchara y subió al comedor. Allí estaban todos, sentados alrededor de la mesa y cabizbajos.

Connie y Melinda estaban tomando una taza de té y Bruce y Peter, cerveza. Joe tamborileaba con los dedos sobre la mesa y Marina estaba detrás de él, abrazándolo del cuello.

—¡Madre mía, esto parece un funeral!

Al oír su voz, todos se giraron hacia él.

Roc les mostró la cuchara.

—Chicos, parece que lo hemos encontrado.

Connie gritó de júbilo y besó a su hermano en la mejilla, Marina se abrazó a su marido y Peter corrió hacia Roc y le estrechó la mano.

Roc se quedó mirando a Melinda, que se había quedado sola en un rincón, mirándolo.

—¡Lo has encontrado! —dijo Peter—. ¡Has encontrado el Condesa! Siempre supiste dónde estaba.

—Lo hemos encontrados todos —murmuró Roc acercándose a la mesa y dejando la cuchara encima—. Lo cierto es que ha sido Melinda la que ha dado con esto. Enhorabuena, señorita Davenport.

Acto seguido, se giró y subió a cubierta, ansioso por sentir la brisa marina en la cara. Una vez arriba, se apoyó en la barandilla.

Debería estar encantado por el hallazgo ya que indicaba que el navío no andaba muy lejos de allí, pero no era así.

Roc apretó los puños y decidió ir a ducharse. Una vez en su camarote, se dio una buena ducha de agua helada y luego de agua hirviendo, se lavó el pelo y se recordó que debía cortárselo.

Estaba gastando demasiada agua caliente, pero le venía bien, le relajaba los músculos.

De repente, le pareció que alguien había entrado en el camarote.

—¿Quién anda ahí?

Nadie contestó.

—¿Quién anda ahí?

—¡Soy yo! —era la voz de Melinda—. ¿No me habías dicho que me quedara en este camarote?

—¿Cómo?

—Lo siento mucho, pero te recuerdo que fuiste tú el que insistió en que este camarote era mi cárcel —contestó Melinda desde la puerta—. Venía a ducharme. No me había dado cuenta de que te estabas duchando tú —añadió girándose para marcharse.

—Ahora mismo termino.

De repente, la puerta del camarote volvió a abrirse y entró Connie.

—¡Podríamos hacer una barbacoa! Esto hay que celebrarlo y Teardrop Isle no está lejos, llegaríamos en veinte minutos. ¿Qué te parece...? ¡Oh!

Bendita Connie.

Cuando estaba emocionada, no se enteraba de nada. Había tardado todo aquel tiempo en darse cuenta de que Roc estaba en la ducha y Melinda en la puerta del baño.

—¡Perdón! ¡Oh, perdón, perdón! —se disculpó.

—¡No pasa nada, Connie! —contestó Roc exasperado—. ¡No hay nada por lo que tengas que pedir perdón!

—No quería que te enfadaras... —aseguró Connie.

—¡Yo no estoy enfadado!

—Entonces, ¿por qué gritas?

—La verdad es que estás gritando —señaló Melinda encogiéndose de hombros.

Roc se tapó la cara con las manos y gimió exasperado.

—Por favor, salid de aquí. Connie, no estoy enfadado y la idea de la barbacoa me parece maravillosa. Melinda, te dejo la ducha y el camarote en diez minutos. Ahora, por favor... ¡fuera!

Connie se dio la vuelta y se fue inmediatamente, pero Melinda se quedó mirándolo, furiosa.

—A esa chica le acabas de dar un susto de muerte.

—No te preocupes, me conoce muy bien.

—¿De verdad?

¿Lo había preguntado porque estaba celosa? No había manera de saberlo. ¿Por qué iba a estarlo? Y, sin embargo, lo parecía...

—¡Sí, Connie me conoce lo suficiente como para saber que, cuando le pido que se vaya, se tiene que ir!

—Claro, al capitán hay que obedecerlo siempre, ¿verdad? —se burló Melinda apoyándose en el marco de la puerta y cruzándose de brazos en actitud desafiante.

—Fuera —insistió Roc.

Ella enarcó una ceja.

—Te advierto que, como no te vayas, te

meto en la ducha conmigo.

—No puedes ir por ahí gritando y asustando a la gente sólo porque estás enfadado porque yo he encontrado lo que tú estabas buscando.

—Te doy diez segundos para que te vayas.

—Roc, te advierto...

En aquel momento, él abrió la puerta de la ducha y Melinda lo miró con los ojos muy abiertos, recorriendo su cuerpo rápidamente de pies a cabeza.

—Un momento...

—Se acabó el tiempo —contestó él.

Sí, lo había visto completamente desnudo y, a lo mejor, aquella visión incluso le había hecho recordar algo.

Imposible de saber, porque Melinda se había girado para salir corriendo de allí, pero Roc la agarró de los hombros y la giró de nuevo hacia él.

Acto seguido, se la echó al hombro como un saco de patatas. No pesaba mucho a pesar de que era una mujer fuerte.

Roc sintió su pelo en la espalda y sus dedos clavados en los hombros, intentando escapar.

El deseo de tocarla lo excitaba sobremanera, pero no podía ser.

Roc la depositó en el suelo de la ducha,

bajo el agua que empezó a caerle por la cabeza y por la cara.

—¡Eres un hijo de…!

—¿No habías dicho que te querías duchar? —le recordó Roc—. ¡Disfruta de tu ducha!

Y, dicho aquello, se giró y cerró la puerta de la ducha tras él. Una vez fuera, se secó y salió al camarote tragando saliva y mordiéndose la lengua para no gritar.

Se secó a toda velocidad, se vistió furioso, maldiciendo a Melinda, maldiciendo lo que le hacía sentir.

Se quedó mirando la puerta del baño. Ahora estaba vestido, bueno, más o menos. Se había puesto unos calzoncillos y unos pantalones cortos, así que entró en el baño.

Tal y como había sospechado, Melinda creía que estaba sola, se había quitado el bañador y lo había tirado al suelo.

Estaba de espaldas a la puerta, enjabonándose la cara. El panel translúcido de la ducha no hacía sino añadir un fascinante misterio a la silueta de su cuerpo desnudo.

Parecía una obra de arte con aquella espalda tan larga y de curvas tan maravillosas, con esas caderas tan espectaculares y aquel trasero tan redondo y perfecto…

—¿Qué demonios…? —gritó girándose de repente.

—¡Te dejo aquí la toalla! —contestó Roc

con naturalidad—. Tú sigue duchándote, no te quería interrumpir —añadió ya casi en la puerta del baño—. Has engordado un poco, ¿no? —mintió.

—¿Qué?

—Nada.

—¿Te importaría marcharte?

—Claro que no —sonrió Roc.

Melinda se giró y cerró el agua.

Roc se iba a ir, de verdad que se iba a ir, esa era su intención.

Pero sus pies no le obedecían.

En lugar de encaminarse a la puerta, volvieron hacia la ducha y se encontró abriendo la puerta, tomando a Melinda de la cintura y apretándola contra su torso desnudo.

Al instante, sintió el latigazo de su corazón.

También notó sus pechos, el tormento de sus pezones erguidos, y se encontró apretándose contra ella a pesar de haber intentado mantener las distancias.

Melinda también lo sintió.

Todo.

La piel de Roc, sus músculos y... otras cosas.

Sus preciosos ojos brillaron alarmados e intentó hablar con seguridad, pero no pudo.

—¿Qué demonios haces, Roc?

¿Qué demonios estaba haciendo?

—Me había olvidado de darte las gracias por encontrar la cuchara —contestó estrechándola con más fuerza.

Desde que la había vuelto a ver deseaba hacer aquello, así que le tomó la barbilla con una mano y le levantó el rostro para besarla.

Al principio, lo hizo con delicadeza, pero, al cabo de pocos segundos, se descubrió besándola con pasión.

Melinda protestó débilmente al sentir que la lengua de Roc atravesaba la barrera de sus dientes y él percibió el movimiento de sus pechos en el torso y se estremeció de placer, explorando con la lengua los confines de su boca.

Melinda apenas se movía, pero Roc sentía su corazón latiendo desbocado.

«¿Qué demonios estoy haciendo?», se preguntó.

Quería tocarla y lo había hecho, y lo que había conseguido había sido abrir la caja de los truenos.

Maldición.

—Gracias —dijo tras dejar de besarla—. Muchas gracias.

—¡Maldito seas, Roc Trellyn! —gritó Melinda—. ¡Fuera de aquí!

—¡Ya me voy, señorita Davenport! —contestó Roc consiguiendo salir de la ducha.

Mientras salía de su camarote, se juró a

sí mismo que, a partir de entonces, cerraría siempre la puerta del baño con pestillo.

Capítulo seis

MELINDA se quedó en la ducha, temblando, durante un buen rato. Maldito Roc...

Sabía lo que ocurriría si la volvía a tocar.

Se dijo una y otra vez que estaba allí para ayudarlo, pero lo cierto era que estaba allí porque lo deseaba.

Y, sin embargo, desearlo era una locura, una pérdida de tiempo... y muy doloroso.

Tendría que haber mantenido las distancias. Debía tener cuidado, no debía desafiarlo porque...

Porque, de nuevo, resultaría ella la peor parada.

Al final, salió de la ducha y se secó con la toalla que Roc le había dejado. Mientras lo hacía, le pareció que estaba impregnada de su olor, de su...

Tiró la toalla al suelo y se dio cuenta de que sólo tenía el bañador para ponerse, o el conjunto blanco que Connie le había dejado y que ya comenzaba a estar bastante sucio.

Así que decidió ponerse algo de Roc.

Se mordió el labio inferior y sintió que se volvía a estremecer al pensar en cómo la había besado.

Había sido más que un beso. Roc siempre besaba así. De alguna manera, besaba con todo el cuerpo, y había sentido todo su cuerpo en contacto con el de ella y...

Recordaba su dureza, su deseo, el fuego que pasaba de un cuerpo a otro por mucho que se empeñara en no sentirlo.

Y, aun así, Roc había conseguido separarse de ella e irse, exactamente igual que había hecho tres años atrás.

Y, sin embargo, ella había vuelto.

«¡Porque me equivoqué!», se dijo a sí misma angustiada.

Estaría bien subir a cubierta completamente desnuda y pedir perdón por ser una prisionera sin ropa limpia.

Así aprendería Roc Trellyn.

Lo cierto era que no se estaba ocupando de ella en absoluto.

Si no hubiera sido por Connie, no tendría nada que ponerse.

Connie, tan simpática y dulce. Connie, que la ponía tan celosa.

Melinda echó los hombros hacia atrás y tragó saliva. Debía concentrarse en la ropa. Suspiró y se dijo que tenía que encontrar algo que ponerse.

En ese momento, la rubia de enormes ojos castaños llamó a la puerta y asomó la cabeza.

Melinda se tapó con la toalla y sonrió.

—Gracias por venir. Precisamente, estaba mirando mi limitado armario y creo que, por primera vez en mi vida, tengo razón si digo «no tengo nada que ponerme».

Eso hizo sonreír a Connie.

—Yo había pensado lo mismo, así que, como tenemos más o menos la misma talla... Bueno, tú eres más alta y más...

—¿Cómo?

—Sí, bueno, tienes mucho mejor cuerpo que yo...

Melinda enarcó una ceja.

—Connie, de verdad, tú no te puedes quejar —contestó sinceramente—. Eres muy guapa. Deberías saberlo.

—¿De verdad? —murmuró Connie sorprendida.

Melinda frunció el ceño sorprendida.

—De verdad —le aseguró—. ¿Acaso no te lo dicen estos tres de vez en cuando?

—Bueno, Bruce es mi hermano, Joe está casado, Peter esta siempre ocupado y...

—¿Y Roc?

Connie bajó la mirada.

—Roc es un hombre muy educado, pero también está siempre muy ocupado y, además, es el jefe.

Melinda se moría por preguntarle si no era nada más para ella, pero se mordió la lengua.

Era cierto que Roc solía ser un hombre muy educado y muy amable.

Nadie lo sabía mejor que ella. Aun cuando se había comportado con él de manera espantosa, él siempre la había tratado bien.

«Y luego lo perdí», recordó.

Melinda apretó los dientes y decidió que tenía que controlar la situación. Lo cierto era que tal vez no debería haber ido a aquel barco.

Había sido una estúpida por dejar que Roc se le acercara. Él estaba convencido de que lo había traicionado.

Jamás la había perdonado y, si la tocaba, tal y como había hecho un rato antes, era única y exclusivamente para burlarse.

Le había demostrado con cuánta facilidad podía dejar de besarla y largarse. Ya era la segunda vez que se lo hacía.

Sintiera lo que sintiera por él, no iba a permitir que volviera a acercarse a ella.

Lo seguía amando, pero no quería que la utilizara. Tal vez, era mejor que creyera que estaba allí en calidad de espía. Si no confiaba en ella, no se acercaría.

«A lo mejor no tendría que haber recogido la maldita cuchara», pensó.

De alguna manera, aquello había enfadado a Roc. Era obvio que no creía en absoluto que Melinda quisiera que fuera él quien encontrara el Condesa.

A lo mejor eso también tenía su parte buena.

Roc siempre había tenido muy claro dónde estaba el antiguo galeón. Melinda recordaba una noche de un fin de semana que habían pasado a solas en un barco de su padre.

Ella había hecho la cena y estaba admirando la luna en cubierta cuando apareció Roc, que había terminado de fregar los platos, con un libro sobre el Condesa en las manos.

De alguna manera, Melinda había terminado acurrucada en su regazo, escuchándolo.

—Están todos equivocados. ¡Mira el rumbo que siguió! Está aquí, entre Florida y las Bahamas. ¡Lo tenemos delante de nuestras narices!

—¿Y por qué no lo ha encontrado nadie? —preguntó Melinda.

—¡Porque a veces no sabemos reconocer un tesoro aunque lo tengamos delante! —contestó Roc besándola.

Y ya no habían hablado más aquella noche sobre el Condesa porque habían preferido seguir besándose y admirando las estrellas y la luna y, al final, se habían perdido el uno en el otro…

«Eso fue entonces y ahora es ahora», se recordó Melinda.

Connie la estaba mirando fijamente. Recordó que estaban hablando cuando ella, de repente, se había extraviado en sus recuerdos.

Melinda se acordó de que estaban hablando de que Connie no pensaba que fuera guapa.

—Bueno —murmuró Melinda sonriéndole—, desde luego, estos chicos son unos desastres si no se dan cuenta de lo bonita que eres. Por cierto, muchas gracias por la ropa.

—Supongo que es difícil llevar una maleta si te vas a meter en las redes de un barco, ¿no?

Melinda se quedó mirándola, preguntándose si lo había dicho con rencor, pero, al mirarla a los ojos, se dio cuenta de que lo había dicho de broma.

—Sí, muy difícil —contestó sonriente.

—Bueno, te he traído más ropa. Hay cosas que son de Marina porque ella tiene cosas que yo no tengo... Como, por ejemplo, tetas —rió.

Melinda también se rió.

—Bueno, a mí me parece que las tuyas están muy bien. Cuando las que tenemos más talla las tengamos caídas, tú seguirás estando estupenda y teniéndolas en su sitio.

Eso hizo reír a Connie.

—¡Mirándolo así, es toda una ventaja tener poco pecho! —contestó—. Bueno, aquí tienes de todo: braguitas, sujetadores, pantalones cortos, camisetas... Tendrás ropa para unos cuantos días y, además, hay lavadora y secadora en la bodega.

—Gracias —contestó Melinda.

Mientras Connie dejaba la ropa sobre la cama de Roc, Melinda pensó que era imposible que esa mujer tuviera una relación con él.

De ser así, no se mostraría tan simpática con la ex esposa, aunque en realidad no fuera ex esposa, del hombre que le gustaba.

—¿Te puedo hacer una pregunta personal? —preguntó Connie en aquel momento.

—Claro que sí. Me puedes preguntar lo que quieras. Otra cosa es que yo te conteste... —contestó Melinda encogiéndose de hombros.

Connie sonrió y se lanzó.

—¿Has venido a espiar? ¿Sabías que este era el barco de Roc? Bueno, es que lo de los delfines...

—¡Me encantan los delfines! —le aseguró Melinda con vehemencia—. Es cierto que trabajo con varios grupos que están intentando convencer a los pescadores para que no empleen redes de arrastre.

—Me creo que te encanten los delfines,

a mí también me encantan. Yo creo que le gustan a la mayoría de la gente, pero... ¿qué hacías en nuestras redes?

Melinda dudó.

—Sospechaba que este barco no era en realidad un barco de pesca y supuse que estaba buscando el Condesa.

—¡Así que estabas espiando!

Melinda negó con la cabeza.

—No. Te aseguro que quiero que Roc encuentre el tesoro. No sé si me crees o no, pero de verdad que quiero que todo le salga bien. No trabajo para nadie.

—¿No trabajas para tu padre?

Melinda sonrió.

—Tú no conoces a mi padre, Connie. Mi padre no necesita que nadie espíe para él. Él tiene sus propios medios. Además...

—¿Sí?

Melinda se encogió de hombros.

—Además, estoy casi convencida de que él también quiere que Roc encuentre este tesoro. Creo que se lo debemos. Los dos, tanto mi padre como yo..

Connie se quedó mirándola en silencio.

—La verdad es que te creo —declaró girándose y parándose en la puerta del camarote—. Bueno, vístete. Desembarcaremos en cuanto estemos un poco más cerca de las islas. ¡Estamos de celebración!

Una vez a solas, Melinda inspeccionó la ropa que le habían llevado y escogió una camiseta blanca y unos pantalones cortos azules.

A continuación, se dirigió al baño de nuevo y se peinó el pelo con el cepillo de Roc. Cuando hubo terminado, se miró al espejo y se dio cuenta de que tenía las pupilas dilatadas.

«No debo parecer vulnerable», se advirtió a sí misma.

Lo cierto era que se sentía vulnerable.

Todo el mundo parecía creer que estaba protegida por algún tipo de coraza por ser la hija de Davenport. Todo el mundo debía de creer que era como su padre, dura e inflexible.

Bueno, era mejor que así lo creyeran.

Además, era cierto que tenía una coraza que la protegía, su orgullo, pero estaba agujereada por todas partes.

Melinda sintió que el barco se paraba y oyó a Roc, que gritaba que echaran el ancla, y a Connie, que le pedía a alguien que la ayudara con las bolsas.

Melinda dejó el cepillo en su sitio y corrió escaleras arriba dispuesta a ayudar porque, al fin y al cabo, estaban de celebración.

Todavía no había oscurecido.

Estaban en el momento más bonito del día: el atardecer.

Habían ido a una de las islas deshabitadas en la lancha y, al llegar, Roc había saltado a tierra descalzo y Peter lo había seguido para bajar las bolsas que Connie y Marina habían preparado.

Los demás iban detrás.

Roc se dio cuenta de que Melinda se estaba integrando en el grupo muy bien, exactamente igual que si la hubiera contratado para buscar el tesoro como a los demás.

Una vez asegurada la lancha en la orilla, se dispusieron encender una hoguera. Roc se quedó mirando la maravillosa bola de fuego en que se había convertido el sol.

A los pocos segundos, se encontró mirando a Melinda, que estaba a cuatro patas en el suelo ayudando a Marina a formar un círculo de arena para hacer dentro la fogata.

Volvió a desearla.

Desde luego, la ropa que llevaba no ayudaba.

Esa mujer debería vestirse con sacos de patatas. No, ni siquiera así mataría su encanto.

En cualquier caso, sería mejor que los pantalones cortos, realmente cortos, que lucía. ¿Y qué decir de la diminuta y apretada

111

camiseta blanca?

Para colmo, hacía pocas horas que la había visto completamente desnuda, así que no podía evitar que su imaginación traspasara la ropa y la presentara de nuevo como Dios la trajo al mundo.

Roc apretó los dientes.

Su ex mujer, bueno, su mujer, estaba consiguiendo poner su mundo patas arriba.

No podía dejar de mirarla. Bruce le estaba diciendo algo y Melinda estaba sonriendo. El pobre Bruce se iba a volver loco como siguiera sonriéndole así.

Roc se paseó por la playa, se sentó en la arena, metió los pies en el agua y se quedó mirando el horizonte.

Cuántas noches así habían pasado juntos, disfrutando del atardecer y mirando el mar.

Qué raro.

Nunca había creído que fuera a encontrar a una mujer tan enamorada del mar como él, pero había conocido a Melinda.

Melinda vivía feliz y a gusto en un barco, nadaba como un pez... y parecía un ángel. Aunque estaba convencido de que su destino era estar solo, había conocido a la hija de Davenport...

Las cosas no habían sido fáciles. Melinda siempre había tenido mucho carácter y a menudo discutían porque a Roc le parecía que se comportaba de manera temeraria en demasiadas ocasiones.

Muchas veces la había sacado del agua porque se había ido sola a buscar algo. Y, entonces, se peleaban y se gritaban, pero siempre se reconciliaban y hacían las paces y todo volvía a ser maravilloso.

Una vez reconciliados, la furia de Roc se tornaba pasión y, en la oscuridad, la buscaba y le entregaba lo mejor de sí mismo.

Y así habían sido las cosas entre ellos... hasta el Infanta Beatriz.

Al igual que el Condesa, era un galeón español en ruta hacia el Nuevo Mundo. La leyenda decía que había naufragada al norte de Cuba y que, el que lo encontrara, no iba a sacar mucho, porque estaba en aguas poco profundas y sus tesoros ya habían sido esquilmados hacía tiempo.

Aun así, Roc había leído mucho sobre aquel barco y había quedado fascinado por la posibilidad de encontrar joyas en su interior.

Le había confiado a Jonathan Davenport su deseo de buscar el galeón, pero el padre de Melinda no había accedido, así que Roc había decidido buscarlo por su cuenta, en su tiempo libre.

Lo cierto era que lo que le atraía no era la fama de encontrar el tesoro, ni siquiera la idea de demostrarles a los demás que estaba en lo cierto.

De lo que se trataba era de bucear, de disfrutar del mar. A Roc lo que le movía era el placer que proporcionaba el proceso de búsqueda.

Por casualidad, se hallaba en compañía de Davenport cuando había encontrado un torso de una mujer tallado en madera y un puñado de monedas de oro.

Todavía estaba limpiándolas cuando se enteró de que su suegro había convocado una rueda de prensa para anunciar que había encontrado el Infanta Beatriz.

Por supuesto, había protestado iracundo, pero Davenport le había contestado que el barco que había realizado la búsqueda era suyo y que no importaba la cantidad de días que él hubiera buscado solo, que Roc trabajaba para él.

A pesar de que sabía que estaba buscando el Infanta Beatriz y que se había negado a ayudarlo, ahora se llevaba todos los laureles y, por supuesto, el tesoro del navío.

Roc jamás olvidaría la ira que se había apoderado de él en aquellos momentos ni lo que había sentido cuando, de vuelta en su camarote, se había encontrado con la respuesta de Melinda.

Él esperaba que su mujer también se sintiera indignada por el tratamiento recibido de su padre, pero no había sido así.

Melinda se había puesto de lado de Davenport, insistiendo en que el barco era suyo.

—¿Cómo puedes ser tan desagradecido? ¡Todo lo que has hecho, todo lo que has conseguido, ha sido gracias a mi padre!

—Melinda, tu padre no ha querido ni oír hablar del Infanta. ¡Incluso intentó convencerme para que no lo buscara!

Roc no podía olvidar cómo se había comportado Melinda aquella noche. Sin duda, había oído la tremenda disputa entre su padre y su marido, pero se había limitado a ducharse y a sentarse a cepillarse el pelo ante el tocador ataviada con el albornoz blanco.

Cuando él había entrado en el camarote, apenas lo había mirado por el espejo.

Él se tendría que haber dado cuenta entonces de que, aunque fuera su esposa, era, ante todo, la hija de Davenport.

—¿Qué importa? ¿Qué puede importar que lo hayas encontrado tú o que lo haya encontrado él? Habrá más barcos, el océano está lleno de barcos —había dicho Melinda.

—Sí, pero no volveré a buscar ninguno con tu padre —había contestado Roc acercándose a ella—. Nos vamos mañana por la mañana.

Entonces Melinda había dejado el cepillo sobre el tocador y se había girado hacia él.

—¡No digas tonterías! Por supuesto que vas a seguir buscando barcos con mi padre. Mi padre te ha apoyado en todo. Roc, tienes que darle su parte. Creo que...

—Tu padre está enfadado porque yo tenía razón y no lo quiere admitir.

—Te estás comportando como un niño mimado. Mi padre te dijo que te daba su bendición y ha venido con su barco donde tú le has dicho. Ha puesto tanta energía en esta búsqueda como tú y...

—Tu padre es un mentiroso y un tramposo.

De repente, Melinda se puso en pie, se acercó a él y lo agarró con fuerza de la mandíbula.

Roc no había estado tan furioso en su vida, pero consiguió atrapar su muñeca y hablar con calma.

—Me voy a primera hora. Tienes esta noche para decidir si eres mi esposa o su hija.

Al oír aquellas palabras, Melinda palideció.

—¡No tienes derecho a irte! Por supuesto que soy tu esposa, pero también soy su hija.

—Nos vamos.

—¡No, no nos vamos! Ya haréis las paces

por la mañana.

—No, Melinda, no pienso hacer las paces con tu padre. Yo me voy.

Sí, Roc estaba completamente decidido a irse. Por dentro se sentía fatal, como si lo estuvieran desgarrando vivo.

Davenport había sido su jefe, su mentor, su mejor amigo y su suegro, pero no podía aceptar lo que había hecho.

Era demasiado bueno en su trabajo como para consentir que nadie lo ridiculizara y lo utilizara.

—¿Estás de mi lado?

Melinda se había apartado de él y Roc había comprendido que no, que no estaba de su lado sino del de su padre.

El dolor se acrecentó, pues estaba realmente enamorado de ella, amaba su carácter duro, su espíritu temerario, su generosidad para con los demás, su independencia y la capacidad que tenía de soñar con él bajo un cielo cuajado de estrellas.

Todo aquello se había terminado.

Melinda estaba del lado de su padre.

Así que aquella era su última noche juntos.

Melinda estaba de espaldas a él. Era obvio que estaba decidida a seguir discutiendo, pero él ya sabía que todo había terminado.

Así que se acercó a ella, le levantó el pelo y

la besó en la nuca. Melinda se giró dispuesta a protestar, pero Roc le abrió el albornoz y lo dejó caer al suelo. Cuando ella abrió la boca para hablar, Roc se la cerró con un beso.

Melinda se quedó rígida, pero, transcurridos unos segundos, le devolvió el beso con la misma pasión.

¿Estaba intentando convencerlo para que se quedara?

Roc estaba decidido a que lo echara de menos.

Esa noche, él no durmió.

Se despertó al alba y recogió sus cosas.

Melinda estaba dormida y él se acercó a la cama, se quedó observándola y, al final, la despertó.

Sentía como si estuviera perdiendo una parte importante de su cuerpo.

¿El corazón tal vez?, ¿el alma?

Melinda abrió los ojos lentamente y lo miró.

—¿Vienes?

—¡No puedes abandonar a mi padre así como así!

Eso fue más que suficiente.

Roc se puso en pie y fue hacia la puerta.

—¡No vuelvas nunca!

—Todavía estás a tiempo —contestó Roc girándose hacia ella—. Vente conmigo.

—¿De verdad te vas? ¿Te vas a ir después

de todo lo que mi padre ha hecho por ti?, ¿te vas después de lo de anoche?

—Sí.

Melinda levantó el mentón.

—¡Te odio! —murmuró, iracunda.

Roc se dio cuenta de que le temblaban los labios y de que sus ojos brillaban. ¿Serían lágrimas?

En un abrir y cerrar de ojos, estaba a su lado, abrazándola con fuerza.

—¡Te odio! ¡Te odio! ¡Te odio! —insistió Melinda abrazándolo sin embargo.

Roc comenzó a besarla, diciéndose que había muchas mujeres en el mundo. Sin embargo, había sentido la necesidad de volver a su lado porque no podía soportar la idea de perderla.

Una vez más, la pasión los consumió.

—No podía creer que te fueras a ir, que me fueras a dejar —dijo Melinda tras hacer el amor.

—No te dejo a ti sino a tu padre.

Melinda palideció y, de repente, apartó las sábanas y se puso en pie.

—¿Me estás diciendo que te vas?

—Sí, Melinda, ya te lo he dicho varias. ¡Me voy! ¡Dejo de trabajar para tu padre, pero no te dejo a ti! Si tú insistes en quedarte, eres tú la que me abandona a mí.

Dicho aquello, Roc le dio la espalda con

todo el dolor de su corazón y comenzó a vestirse.

—¡Te odio!

Esas palabras le abrasaban el corazón.

—Melinda...

—¡Si te vas a ir, vete de una vez!

Roc había intentado acercarse a ella, volver a tomarla entre sus brazos, pero Melinda se había apartado.

—¡Vete!

Efectivamente, debía irse, así que se dirigió a la puerta y salió. Mientras avanzaba por el muelle, rezaba para que Melinda corriera tras él, para que intentara convencerlo de que se quedara.

Pero eso no había ocurrido.

Se había quedado un par de días en Cayo Oeste diciéndole a todo el mundo dónde estaba a cada momento.

Si alguien hubiera querido encontrarlo lo habría tenido muy fácil.

Melinda no lo había buscado.

«¡Te odio!», le había dicho.

Había pronunciado aquellas palabras apasionadas en un momento de enfado. Era imposible que lo sintiera de verdad.

¿Y si era así?

Dos días después, el barco de su padre se hizo a la mar y Melinda se fue en él.

No la había vuelto a ver desde entonces.

Por supuesto, había seguido su pista porque, cada vez que se hablaba de Davenport, también se hablaba de su hija.

A la prensa le encantaba Davenport, pero le gustaba todavía más su preciosa hija, que parecía una sirena.

Roc volvió al presente y se dio cuenta de que el sol estaba a punto de desaparecer en el horizonte marino.

Sus compañeros ya habían encendido el fuego en la playa y las llamas amarillas competían con los colores del cielo.

Frunció el ceño.

Joe había puesto la parrilla sobre las brasas y Connie y Marina estaban colocando los filetes de pescado y de pollo sobre ella.

Peter daba vueltas a algo que había en una cacerola y Bruce estaba tumbado en una toalla con una cerveza en la mano dirigiéndolos a todos.

—Ten cuidado con el pescado, Marina. Esos filetes se hacen en menos de cinco minutos.

Marina lo miró y puso los ojos en blanco en señal de advertencia.

Roc se puso en pie y se acercó al fuego al darse cuenta de que Melinda no andaba por allí.

—¿Dónde está? —preguntó.

De pronto, comprendió, sorprendido, que

sentía preocupación, miedo y angustia. Así lo debió de entender Bruce, que lo miró estupefacto.

—Ha ido a dar una vuelta —dijo—. No te preocupes, de aquí no se puede escapar y es imposible que esté hablando con nadie en una isla desierta.

—Ya, pero a lo mejor a la muy loca se le ha ocurrido volverse a meter en el agua —apuntó Roc—. ¿Hacia dónde ha ido?

Bruce señaló hacia la izquierda de la playa.

—El agua está en calma, no hay mucha corriente y la gruta del otro lado está bien protegida —le recordó Marina para calmarlo.

Roc asintió, se giró y comenzó a avanzar por la playa.

Lo hacía a grandes zancadas. Ya casi había anochecido. Las pinceladas rojas del cielo estaban casi desapareciendo y los tonos más oscuros se apoderaban de todo.

Su tripulación no conocía a Melinda.

Una de las cosas por las que a menudo se peleaban era porque, aunque siempre les decía a los demás que nunca nadaran o bucearan solos, ella se debía de creer invencible y siempre que estaba disgustada, como en esos momentos, se iba directamente al agua.

Por la noche había muchos peligros.

En una inmersión durante el día, ambos sabían cómo librarse de tiburones curiosos, pero de noche era fácil que hubiera depredadores que encontraran una cena muy apetitosa.

En esas aguas había todo tipo de tiburones martillo, tiburones blancos, tiburones azules... y quién sabía cuántas especies más de escualos.

Roc apretó el paso.

El corazón le latía deprisa.

Pasó junto a un grupo de árboles y no la vio, subió una duna de arena y tampoco la encontró.

¡Se estaba haciendo completamente de noche!

—¡Maldita Melinda! —murmuró presa del miedo.

De repente, se dio cuenta de que una luz lo iluminaba y, al mirar hacia arriba, descubrió que era la luna, que reinaba ya en todo su esplendor sobre la noche.

Gracias a su luz, la vio por fin.

Estaba mirando el mar de espaldas a él, con los hombros echados hacia atrás y el mentón alzado en actitud desafiante.

Así la había visto la última noche, decidida a presentar batalla.

Exactamente igual que había querido tocarla aquella noche, quería tocarla ahora.

No.

Más bien, la deseaba exactamente igual que aquella noche.

Qué ingenuo había sido al creer que había dejado atrás a Melinda.

Roc se acercó silenciosamente a ella y se paró a su espalda, a observar cómo la brisa marina jugueteaba con su pelo.

Se acercó y se fijó en que la camiseta le dejaba los hombros al descubierto y no pudo evitar ponerle la mano izquierda sobre el hombro y retirarle con la derecha el pelo de la nuca.

Acto seguido, la besó y aspiró su aroma.

Melinda se tensó, sorprendida, y Roc pensó que se daría la vuelta y lo abofetearía en cualquier momento...

Pero no lo hizo.

Así que él siguió besándola y pasó de la nuca a los hombros avanzando por su piel con la punta de la lengua.

Mientras el deseo se apoderaba de él, descubrió que Melinda estaba temblando.

—Roc —murmuró intentando girarse hacia él.

—No...

No quería protestas.

Sin dejar de besarla, encontró el elástico de la camiseta y deslizó la mano dentro, acariciándole los pechos y entreteniéndose en sus pezones.

Melinda gimió mientras él seguía acariciándola y besándola lentamente; y ella saboreaba cada caricia.

Roc le bajó el escote de la camiseta hasta casi la cintura sin dejar de acariciarla. Poco después, encontró la cinturilla de los pantalones y le desabrochó el botón y la cremallera.

De ahí al triángulo de vello rubio no lo separaba nada. Al sentirlo allí, Melinda no pudo evitar gritar.

Roc se apretó contra su espalda sin dejar de besarla en el cuello.

—¡No me digas que no! —le susurró al oído con voz ronca.

—¿Y los demás?

—Te aseguro que no van a venir.

Melinda permaneció en silencio mientras la despojaba de la camiseta y de los pantalones. A continuación, sus braguitas siguieron el mismo camino hacia el suelo de arena.

La luz de la luna bañaba su cuerpo desnudo y, por fin, se giró hacia él.

—Esto es un error... —le dijo mirándolo a los ojos.

—He cometido muchos errores en mi vida, así que uno más... —contestó Roc tomándola entre sus brazos y tumbándola sobre la arena fría.

Una vez allí, la besó con pasión, explorando, demandando, avivando el fuego que había entre ellos.

De repente, dejó de besarla y la miró a los ojos.

—Y ahora te vas, ¿no? —exclamó Melinda.

Roc negó con la cabeza y admiró su cuerpo lentamente, de arriba abajo, desde la belleza de su rostro hasta la exquisita curva de sus caderas.

—No —contestó con voz ronca.

—A lo mejor, esta vez, me tengo que ir yo —sugirió Melinda.

Roc volvió a negar con la cabeza.

—No, de eso nada —dijo—. Tú no te mueves de aquí, esposa mía.

Y, dicho aquello, volvió a besarla.

Capítulo siete

MELINDA lo había oído mucho antes de sentirlo a su espalda. Había oído sus pisadas sobre la arena y había intuido que era él; luego se había dado cuenta de que lo tenía detrás, observándola, esperando, pensando.

Pensando ¿en qué?

¿Estaría pensando que había vuelto a su vida para espiarlo? No, no era probable que estuviera pensando en eso en aquellos momentos.

Melinda sintió la tensión, el calor, la electricidad. Sabía que, en esa ocasión, no iban a discutir, que Roc se iba a acercar.

Y ella no se había movido.

De alguna manera se había dado cuenta de que la iba a tocar y la voz de su conciencia le había advertido alarmada que no debía confiar en él.

Sin embargo, llevaba demasiado tiempo deseando que la tocara como para negárselo ahora.

A pesar de la amargura que había entre ellos, a pesar del enfado y de la desconfianza, a pesar de todo, cuando había sentido sus manos sobre la piel, cuando había sentido sus labios en la nuca, le había parecido que había algo infinitamente tierno en sus caricias, como si estuviera despertando de un sueño muy profundo en el que había estado sumida todos aquellos años.

A lo mejor, así había sido.

Melinda sentía la arena dura y fría en la espalda y se miró en los ojos de Roc, llenos de pasión y determinación.

Inmediatamente, se estremeció de pies a cabeza.

Sí, efectivamente, la arena estaba muy fría y la brisa del mar era bastante fresca, pero su cuerpo ardía…

Volvió a sentir los labios de Roc.

Parecía que ese hombre no iba a cansarse nunca de besarla y, sin embargo, de momento no se ocupaba del resto de su cuerpo, que yacía frío contra la arena, esperando, necesitando más.

De repente, dejó de besarla y Melinda percibió el ruido de las olas en la orilla. Abrió los ojos y se preguntó si Roc se iba a ir, si su amargura y su enfado serían más fuertes que el deseo y lo iban a llevar a alejarse de ella de nuevo.

Al instante, ante aquella posibilidad, la angustia se apoderó de ella e hizo que los ojos se le llenaran de lágrimas.

Entonces se dio cuenta de que Roc se había levantado única y exclusivamente para desnudarse.

Ahora, al sentir su piel caliente y mientras entrelazaba sus dedos con los de ella y la miraba a los ojos, se sentía en la gloria.

—Dios mío, cuánto tiempo hace —murmuró él con voz ronca—. Hace tanto tiempo...

«Demasiado», pensó Melinda.

Sin embargo, no se atrevió a decirlo en voz alta. Aunque hubiera querido hacerlo, no le habrían salido las palabras, así que volvió a cerrar los ojos y se deleitó en sentir las piernas de Roc, su pecho, su sexo, completamente enardecido.

Roc le separó los muslos con la rodilla y Melinda abrió los ojos y vio que él estaba esperando, lo miró a los ojos y, en un abrir y cerrar de ojos, lo sintió dentro de ella.

En aquel momento, no pudo evitar que un leve grito abandonara sus labios. Al oírlo, Roc paró y la miró.

Melinda le clavó las uñas en los hombros, indicándole que siguiera, que necesitaba dar y recibir, amar y ser amada.

La luna iluminaba el cielo y ella se dio cuenta de que había olvidado lo maravilloso que podía ser aquello, sus caricias, su fuerza, su ternura.

Sentirlo era el éxtasis.

Sentir cómo la acariciaba, cómo se movía dentro de ella, acrecentando el fuego de su propio cuerpo, avivando la magia del calor que los consumía, acercándola a los fuegos artificiales que llegarían inexorablemente...

Roc la besó en los labios, en los pechos; la acarició, la abrazó sin dejar de moverse dentro de ella, llevándola con cada embestida más cerca del orgasmo.

La agarró de las nalgas para acercarse todavía más a ella, adentrándose cada vez más en su cuerpo sin dejar de acariciarla.

Melinda apenas podía respirar, cerró los ojos para sentir la intensidad del momento y los volvió a abrir.

Al hacerlo, vio que Roc estaba tenso, que estaba llegando al clímax.

Al instante, sintió una última embestida tan profunda que creyó que iba a morir, pero no fue así.

No murió sino que sintió un delicioso placer, un placer volátil e intenso que la envolvió y la elevó hasta hacerla una con el universo.

Pocos segundos después, sintió que Roc se tumbaba a su lado. Melinda se estremeció de frío al perder el cuerpo que la protegía.

Ambos se quedaron tumbados en la arena.

De repente, Roc se incorporó, se rodeó las rodillas con los brazos y se quedó mirando el mar.

—¡Maldición! —murmuró.

Melinda apretó los dientes y sintió unas terribles ganas de llorar.

¿Después de haber estado tres años separados y de haber compartido algo tan maravilloso como lo que acababan de compartir, lo único que se le ocurría decir era «maldición»?

Al instante, se puso en pie, pues Roc ya se había levantado y se estaba vistiendo.

—Vístete —ordenó él.

Melinda lo miró, furiosa.

—¡Eso era exactamente lo que iba a hacer! —contestó—. Eres el hombre más bestia que...

—El hombre más bestia... ¿que qué? ¿Con el que te has acostado? —se burló Roc mirándola con dureza—. Seguro que Eric es mucho más educado. ¿Acababais de hacer esto mismo cuando te sugirió que te metieras en mi barco para averiguar qué sabía del Condesa? ¿Te sugirió él que llegaras tan lejos?

—¿Cómo? —gritó Melinda, incapaz de creer lo que acababa de oír.

Acto seguido, se apartó de él, pero Roc la agarró de la muñeca y la hizo girarse. Melinda lo golpeó en el pecho e intentó zafarse.

—Serás... —exclamó Roc dando un paso atrás y cayendo al suelo.

Melinda cayó tras él y ambos rodaron por la arena. Ella intentó levantarse, pero Roc la tenía atrapada.

—No me toques —advirtió.

—Melinda...

—¡Lo digo en serio! —exclamó con lágrimas en los ojos.

—Te aseguro que me encantaría poder creerte...

—Me importa muy poco lo que creas. Aléjate de mí. ¡Déjame en paz!

Pero Roc no quería dejarla en paz, así que no sólo no se retiró sino que se sentó sobre ella a horcajadas.

—¿Te importaría decirme qué tipo de relación tienes con él? —preguntó, iracundo.

—¡No pienso decirte nada! —contestó Melinda—. Tú ya has llegado a tu propia conclusión, ya has decidido, así que...

Roc se cruzó de brazos y se quedó mirándola. Melinda intentó ponerse en pie, pero le resultó imposible.

—Te advierto que me voy a poner a gritar —le dijo—. Y, luego, te voy a arañar los ojos y...

—Longford —la interrumpió Roc.

—Te voy a golpear el pecho y, si así no

consigo que te muevas, comenzaré a morderte.

Roc enarcó una ceja.

—¿Con cuánta fuerza y dónde? —preguntó.

—¡Ay! —gritó Melinda.

Roc se echó hacia delante y se quedó mirándola a los ojos desde muy cerca.

—Te voy a hacer daño —advirtió ella.

—Ya me hiciste daño hace tres años —contestó él.

—Me abandonaste.

—No quisiste irte conmigo.

Melinda cerró los ojos.

—Por favor, quítate.

Roc se tumbó sobre ella por completo, haciendo que su torso le presionara los pechos desnudos.

—Estábamos hablando de Longford —insistió.

—¿Me vas a creer si te cuento lo que hay entre él y yo?

Roc se echó hacia atrás y se quedó mirándola.

Melinda se estremeció.

Qué extraño resultaba todo aquello.

Habían estado tres años sin verse y, en menos de veinticuatro horas, se habían vuelto a acostar y estaban discutiendo desnudos sobre la arena.

Lo de estar desnudos le parecía bien.

Las cosas que se estaban diciendo, no.

—Mírame —le dijo Roc—. Si me miras a los ojos, creeré todo lo que me digas.

Melinda dudó.

Su vida privada no era asunto de Roc. Desde luego, no quería contarle sus intimidades porque, para empezar, estaba segura de que él no se había mantenido célibe durante aquel tiempo.

Sin embargo, sabía, porque lo conocía que Roc no iba a dejar de insistir hasta que hubiera obtenido la información que deseaba.

—Entre Eric Longford y yo no hay nada —declaró mirándolo a los ojos—. Hemos cenado juntos de vez en cuando, hemos buceado juntos y hemos charlado.

Roc no se movió.

—¿De verdad? —preguntó al cabo de unos segundos.

—Te lo acabo de decir.

—Perdón.

—Ahora, si no te importa…

—Sí, espera.

—¿Qué quieres ahora? —preguntó ella.

—¿Por qué has hecho ese comentario?

—¿Qué comentario? —gritó Melinda desesperada.

—¿Por qué has dicho que soy el hombre más bestia con el que te has acostado?

Melinda sintió que la furia se apoderaba de ella y apretó los dientes.

—¡Eres el hombre más pesado que conozco! —exclamó—. Yo no he dicho eso. No he pronunciado la palabra «acostado» en ningún momento. No me has dejado terminar la frase. Iba a decir que eres el hombre más bestia que conozco.

A Roc no parecía haberle afectado su enfado y no la soltó.

—¿Y a cuántos has conocido desde que nos separamos?

—Eso no es asunto tuyo.

—¿Con quién has salido? —insistió.

—¡Me quiero levantar!

—Contesta.

—¡Me voy a poner a chillar!

Roc se encogió de hombros.

—No te va servir de nada. Mi tripulación me es leal y no va a acudir en tu ayuda. Contesta a mi pregunta, Melinda.

Melinda se quedó mirándolo, completamente consciente de que ambos estaban desnudos.

—Con nadie —murmuró.

—¿Con quién?

—¡Con nadie! —gritó enfadada—. ¿Me dejas levantarme, por favor?

—¿Me estás diciendo que… no has salido con nadie en serio en todo este tiempo?

—Si lo que quieres saber es si me he acostado con alguien en todo este tiempo, la respuesta es no. Ahora, deja que me levante. Se supone que esto es una barbacoa y no un interrogatorio de tercer grado.

Roc se puso en pie por fin, la tomó del brazo y la ayudó a levantarse. Melinda intentó ir hacia su ropa para vestirse, pero Roc la agarró de la muñeca y la giró hacia él.

—Entonces, ¿qué hacías en el mismo barco que Longford?

—Bucear.

—¿Y te ha dejado irte así como así?

—Sí, yo estaba convencida de que el Crystal Lee era tu barco. Aunque me hubiera equivocado y no hubiera sido tuyo, sabía que era de alguien que estaba buscando un tesoro y que no era un barco de pesca.

—¿Y si hubiera resultado ser un barco con droga? ¿Y si, en lugar de ser mío, hubiera sido de alguien sin escrúpulos que no hubiera dudado en rebanarte el cuello por meterte en sus asuntos?

—Sé cuidarme.

—Ya, claro. Ya lo has demostrado metiéndote en una red de pesca. Ya veo que la edad no te ha hecho ganar sentido común.

—Ni a ti buenas maneras.

—Corres riesgos innecesarios.

—¡No es asunto tuyo!

—Claro que lo es —contestó Roc soltándola—. Por lo visto, sigues siendo mi esposa, así que…

—«Así que» ¿qué?

—Pues eso, que debo ocuparme de ti.

—Oh, por favor —gimió Melinda poniendo los ojos en blanco.

—Vístete, podría venir alguien en cualquier momento —comentó Roc cambiando de tema.

—¿Tú crees que seguirían a su jefe si creen que se ha ido en busca de intimidad? —bromeó Melinda.

Roc se encogió de hombros.

—A lo mejor creen que los tiburones nos han comido a los dos y vienen a buscarnos. Haz el favor de vestirte.

Melinda se apartó de él y se apresuró a vestirse sin ni siquiera mirarlo. Cuando se giró de nuevo hacia Roc, comprobó que estaba vestido y se alejaba por la playa.

—Supongo que la cena ya estará lista, así que vamos para allá —dijo él.

—¡Me parece que me apetece más quedarme un rato nadando! —contestó Melinda.

Y cometió el error de girarse.

Al instante, sintió que Roc llegaba corriendo a su lado y la tomaba en brazos.

—Ya te he dicho que no te está permitido meterte en el mar de noche y sola.

Maldición, eres la mujer más cabezota y temeraria que...

—¿Con la que te has acostado? —sugirió Melinda.

Roc sonrió.

—¡Iba a decir «conocido»! —contestó avanzando por la playa.

Melinda dejó que la llevara en brazos. Era una sensación muy agradable.

—Bueno, ¿y con quién te acuestas últimamente? —preguntó intentando sonar natural.

Roc la miró a los ojos con malicia.

—No es asunto tuyo.

—¡Esto no es justo! —exclamó Melinda revolviéndose para que la dejara en el suelo.

Roc así lo hizo.

—¿Me has obligado a contarte mi vida y ahora tú te niegas a contarme nada de la tuya?

—Exacto —contestó Roc encogiéndose de hombros.

Acto seguido, continuó andando por la arena.

Melinda corrió tras él.

—Roc, eres un...

Él le puso un dedo sobre los labios y la miró con intensidad.

—Te voy a decir una cosa. Nunca, lo que se dice nunca, me he acostado con una mujer como tú. Jamás. Ahora, vámonos..., señorita Davenport.

Melinda se giró sorprendida por el efecto que sus palabras tenían en ella. De nuevo, estaba al borde de las lágrimas.

Lo cierto era que prefería discutir con él, le sentaba mejor. Cuando Roc estaba enfadado le resultaba más fácil no sentir nada por él.

Caminaba delante de él, a paso rápido y no tardó en llegar a la playa donde estaban los demás.

Connie se paseaba nerviosa delante del fuego, Marina estaba mirando fijamente las llamas y Joe, Peter y Bruce miraban en la dirección en la que Roc y ella venían.

Al instante, Melinda se sintió culpable. Obviamente, estaban preocupados. Seguramente, no sabían si ir a buscar a su jefe o dejarlo que se, eh, recreara.

Al verlos, Connie dejó de pasearse y los otros tres miraron cada uno en una dirección, disimulando.

—¡Qué bien huele! —saludó Melinda con voz trémula.

Le parecía que todos sabían exactamente lo que habían estado haciendo. Roc llegó pocos segundos después.

—Bueno, ¿todavía no habéis empezado a cenar? —les dijo—. ¿A qué esperamos?

Connie, ¿hay por ahí una cerveza fría para mí?

—¡Claro! —contestó Connie—. Lo cierto es que, eh, sí hemos cenado. Os queríamos esperar, pero el pescado estaba recién hecho y nos lo hemos comido. Hay más. Voy a ponerlo en la parrilla.

Roc negó con la cabeza y aceptó la cerveza.

—Yo tengo suficiente con el pollo.

—Yo también —añadió Melinda.

—¿Seguro que no queréis pescado? —preguntó Marina.

—No, gracias —contestó Melinda.

—¡Toma! —le dijo Roc lanzándole una lata de cerveza.

Melinda la recibió sin problemas mientras se preguntaba qué les habría contado Roc de ella a los demás.

Por supuesto, sabían que estaba casado con la hija de Davenport, tal y como lo demostraba que se hubieran comportado manteniendo las distancias con ella.

La barbacoa estaba deliciosa y hacía una noche maravillosa, así que todos se reunieron alrededor del fuego.

Roc se hallaba sentado enfrente y ella estaba medio escuchando a Bruce, que hablaba de un barco fantasma que navegaba por el Atlántico, cuando se dio cuenta de que estaba distraída con sus propios pensamientos.

¿Cómo podía estar allí sentada tan tranquila cuando acababan de hacer el amor hacía un rato y Roc la había acusado de cosas terribles y la había obligado a confesar su vida sexual durante aquellos tres últimos años?

Qué boba era. Cerraba los ojos y le parecía sentir todavía sus caricias... y, cuando los abría, lo veía enfrente, mirándola de vez en cuando.

Aunque le había contado la verdad, Roc no parecía haberla creído.

—¡Ah! —gritó Connie de repente poniéndose en pie.

Le había caído una ramita encima.

Su hermano se puso a reír.

—Tranquila —le dijo.

—¡Menudo susto! —se quejó Connie—. ¡A ver si dejas ya de contar historias de miedo! —advirtió a Bruce—. Por cierto, ¿de dónde ha caído esa rama? —añadió con el ceño fruncido.

Melinda se giró. Los árboles estaban lejos.

Peter se puso en pie y se encogió de hombros.

—La habrá arrastrado el viento —sugirió.

Connie se estremeció.

—Tengo la impresión de que nos observan.

Roc se colocó detrás de ella y se quedó mirando los árboles.

—¿Ves algo? —le preguntó muy serio.

Melinda se preguntó en qué estaría pensando.

—Es tarde —contestó Connie.

—Muy tarde —dijo Marina.

Acto seguido, se puso en pie y comenzó a recoger la cena. Sin mediar palabra, los demás la ayudaron y, en un abrir y cerrar de ojos, todo estaba listo.

Tras asegurarse de que el fuego estaba bien apagado, se montaron todos en la lancha y pusieron rumbo al Crystal Lee.

Una vez a bordo, Marina dio las buenas noches a Melinda y la dejó en cubierta, sola. Ella oía a los hombres hablar de la inmersión del día siguiente, pero no le apetecía estar con ellos, así que se dirigió al camarote del capitán.

Una vez allí, se duchó para quitarse la arena y rezó para que sucediera algo cuando llegara Roc.

Al salir del baño, el camarote seguía vacío, así que se metió en la cama y apagó la luz, quedándose a oscuras y a solas con el latir de su corazón.

Minutos después, se abrió la puerta y, a la luz de la luna, vio la silueta de Roc, que entró sigilosamente.

—¿Estás dormida?

Melinda negó con la cabeza.

—No.

—¿Me estabas esperando?

—Bueno…, me he duchado. Por la arena, ¿sabes?

—Ya, la arena. Yo no me he duchado. ¿Debería?

—¿Y a mí qué me cuentas?

—Entonces ¿no me ducho?

Melinda sonrió.

—Haz lo que quieras.

—¿Eso quiere decir que no quieres nada conmigo?

Melinda se tumbó de lado y acarició el colchón vacío.

—No, eso quiere decir que no me importa que te duches o no, pero ven aquí —contestó.

Y aquellas fueron las últimas palabras que dijo aquella noche porque, en cuestión de segundos, Roc estaba tumbado a su lado con todo su calor y su deseo.

Y la arena no importó lo más mínimo.

Capítulo ocho

AL día siguiente, exploraron de nuevo la misma zona.

Melinda había insistido. Había algo que la mantenía interesada allí y Roc se dio cuenta de que, a pesar de que no habían encontrado nada, estaba dispuesto a fiarse de su intuición.

De momento, ella había sido la persona que había encontrado la única prueba real de que allí estaba el Condesa.

Iba delante de él, moviéndose con gracia y naturalidad en el fascinante, aunque a veces peligroso, mundo submarino.

El arrecife de coral que tenían a su izquierda albergaba una increíble variedad de criaturas.

Había dos enormes y lentos meros mirándolos y, delante de ellos, varias anémonas y un banco de peces payasos naranjas y blancos.

De repente, Roc tuvo la sensación de que algo grande se movía detrás de ellos y se giró temeroso, pero la experiencia le indicó que no se trataba de un tiburón.

Melinda también se había girado y, al ver lo que era, sonrió encantada.

Era un delfín.

No era inusual que el curioso mamífero nadara a su lado ya que había muchos delfines en aquellas aguas, pero Roc jamás había visto a ningún delfín comportarse así, pues el animal había ido directamente a nadar junto a Melinda.

Ella lo miró con los ojos muy abiertos y alargó el brazo hacia él. El pequeño, como si se tratara de un cachorro, quería que le hicieran mimos.

Melinda así lo hizo, acariciándole el cuello y la tripa. El animal arqueó el cuerpo y se dejó hacer.

Roc los observaba maravillado. Había nadado otras veces con delfines y los había estudiado en la universidad.

Le parecían animales absolutamente fascinantes, increíblemente inteligentes y, desde luego, capaces de sentir afecto.

Sabía que los delfines que nacían y vivían en cautividad podían llegar a ser realmente amigos de los humanos, pero era la primera vez que veía a un ejemplar comportarse así en mitad del océano.

Eso le llevó a preguntarse si aquel animal no habría pertenecido a un acuario y lo habrían dejado en libertad, porque el delfín, definitivamente, quería que lo mimaran.

Así que él también comenzó a acariciarlo,

haciendo que el animal se arqueara de nuevo como un gatito.

Melinda nadó a su alrededor fascinada sin dejar de acariciarlo y Roc le hizo una seña para que se apartara y se alejara para ver qué hacía el delfín.

Los siguió.

Así que pasaron un buen rato nadando con él cerca del barco hundido de la Segunda Guerra Mundial.

Estaba resultando una experiencia maravillosa, pero Roc se dio cuenta de que no les quedaba mucho tiempo de oxígeno, así que le hizo una seña a Melinda.

Ella lo miró apenada, pero lo siguió a la superficie. El delfín fue tras ellos un trecho más y, a unos metros del barco, se despidieron de él y nadaron hacia el Condesa.

Allí los esperaba Bruce.

—¿Y bien? —preguntó con expectación.

Roc negó con la cabeza, buscando a Melinda. ¿Se habría quedado jugando con el delfín?

En ese momento, la vio aparecer, nadar hacia él y subir al barco rápidamente, donde se quitó el regulador y las aletas emocionada como una niña.

—¡Ha sido maravilloso! —exclamó.

—¿Habéis encontrado algo? —exclamó Bruce.

—¡Un delfín! —contestó Melinda.

Bruce frunció el ceño y miró a Roc.

—¿Un delfín?

—¡Ha sido maravilloso! —repitió Melinda.

Bruce la miró sorprendido.

—Melinda, hay montones de delfines por aquí. No me creo que sea la primera vez que ves uno.

Melinda se sentó en el borde del barco y se escurrió el agua del pelo.

—Nunca había visto uno así. ¡Cuéntaselo, Roc!

Roc sonrió presa de la ternura. El entusiasmo de Melinda era contagioso, su fascinación con la criatura era tan dulce y real que Roc sentía que deseaba abrazarla allí mismo.

Sin embargo, se echó hacia atrás y se encogió de hombros.

—Creo que ese delfín había tenido contacto con humanos antes —contestó cruzándose de brazos—. A lo mejor ha vivido en un acuario. Era... —añadió mirando a Melinda y sonriendo—. La verdad es que era espectacular.

En ese momento, Joe y Marina, que también estaban buceando, salieron a la superficie y se acercaron.

—¡Madre mía, menudo delfín! —exclamó

Joe subiendo a bordo—. ¡Se creía que era un cachorro o algo así!

Melinda rió y miró a Bruce.

—¿Lo ves?

Connie llegó corriendo y Bruce y ella escucharon a los demás hablar sobre el delfín.

—¡Me encantaría verlo! —exclamó Connie.

—A lo mejor, se acerca por aquí —contestó su hermano.

—Ya.

—A lo mejor ya se ha ido —le advirtió Roc.

—Voy a ver —propuso Melinda.

Dicho y hecho, se puso en pie dispuesta a volver a sumergirse. Roc se dijo que no tenía ningún derecho a impedírselo.

No llevaba botellas de oxígeno ni regulador ni nada, pero lo cierto era que tampoco lo necesitaba para lo que quería hacer.

Si el delfín seguía por allí, saldría a la superficie para jugar.

Melinda lo miró y enarcó una ceja, invitándolo. Roc se encogió de hombros y la siguió. Saltaron al agua agarrados de la mano.

Y allí estaba su nueva mascota. El delfín los estaba esperando, como si supiera que iban a volver para jugar con él.

Melinda lo agarró de la aleta dorsal y el animal comenzó a nadar regalándole un maravilloso paseo por el mar.

Melinda sonrió a Roc y ambos subieron a la superficie.

—¡Venid, está aquí! —le dijo Melinda a Connie.

—Ya vamos —contestó Connie poniéndose las botellas de oxígeno.

—Bueno, me parece que deberíamos dejar que los demás jugaran con el delfín, ¿no? —sugirió Roc—. Nosotros ya llevamos un buen rato en el agua.

Melinda dudó, como si quisiera protestar, pero entornó los párpados y asintió.

Aquello no era propio de ella.

Llevaba con él tres días y dos noches maravillosas y se había comportado como un ángel.

—¿Por qué me miras así? —preguntó ella.

—Me estaba preguntando qué te traes entre manos —contestó Roc sinceramente.

Al instante, vio un destello en los ojos de Melinda, que no contestó sino que nadó hacia el barco y se subió a bordo al tiempo que Connie se tiraba al agua.

Roc la siguió lentamente. Cuando subió a cubierta, ella ya había desaparecido. Joe y Marina estaban hablando del extraordinario comportamiento del delfín.

Roc miró a Joe y se dio cuenta de que su

amigo se percataba de que estaba buscando a su esposa y preguntándose por qué se había ido tan rápidamente.

—Ha dicho que se estaba muriendo de frío y que necesitaba una ducha caliente y una buena taza de café —dijo con una sonrisa maliciosa.

Roc asintió.

Había fastidiado todo con aquel estúpido comentario justo cuando las cosas iban increíblemente bien entre ellos.

Un terrible dolor se apoderó de él, era como una cuchillada en el pecho. Aquello lo asustó.

Roc odiaba admitir que tenía miedo, pero lo cierto era que Melinda estaba allí, pasando los días y las noches con él.

Y durante esos días y noches le había resultado increíblemente fácil dar marcha atrás y hacer como que nunca habían estado separados.

Había habido momentos en los que incluso había podido olvidar que su esposa había elegido a su padre en lugar de a su marido…

Pero también había momentos en los que se preguntaba qué hacía Melinda allí. Al fin y al cabo, había llegado del barco de Eric Longford y seguía siendo hija de Jonathan Davenport.

Era obvio que se había sorprendido al descubrir que seguían estando legalmente casados, y aun así...

Por las noches, Roc tenía el sentido común de mantener la boca cerrada cuando estaban juntos en la cama, pero en otros momentos la amargura podía con él.

La desconfianza le hacía preguntarse qué hacía Melinda allí. Él estaba buscando un tesoro y no podía fiarse de ella, pero, cuando la tenía cerca, su desconfianza se relajaba.

Existía la posibilidad de que se estuviera acostando con él por las noches, buscando el tesoro con él durante el día... ¡y hablando con su padre por radio en cuanto tenía un momento a solas!

Bueno, ya se vería lo que le deparaba el futuro.

Roc se dio cuenta de que Joe y Marina lo estaban mirando.

—Creo que tendríamos que ir a puerto para hacer un descanso —sugirió Joe.

—¡Un descanso!

—Necesitamos provisiones —añadió Marina—. Casi no quedan azúcar, café y detergente.

—También necesitamos combustible —apuntó Joe.

—Además, una noche en Nassau nos vendría bien a todos. Podríamos cenar en un restaurante —propuso Marina.

—Y salir a bailar —sugirió Joe.

—Pero si estamos a punto de descubrir dónde está exactamente el... —protestó Roc.

—Sí, pero cada día estamos más frustrados —lo interrumpió Joe—. Sabemos que estamos encima, en el lugar correcto, pero no somos capaces de verlo. A lo mejor, tenemos que cerrar los ojos, hacer un descanso y volver a mirar.

Roc sopesó las palabras de su amigo y se dijo que, tal vez, tenía razón.

—Está bien —accedió—. Estamos a un par de horas del puerto de Nassau. Pondremos rumbo allí ahora mismo y nos marcharemos mañana a las diez de la mañana. Así, Marina, tendrás tiempo de sobra para hacer compras y divertirte un rato.

Marina sonrió.

—Estaba pensando... —empezó a decir Roc.

—¿Qué estabas pensando?

Roc sacudió la cabeza.

Estaba pensando en Melinda.

Al principio, había insistido para que la dejara en cualquier puerto. Ahora que buceaba con él, no quería que tuviera la oportunidad de reunirse con su padre y llevarlo a aquellas aguas.

O con Eric Longford.

—Creo que yo también voy a tomar una taza de café —anunció bajando al comedor.

La brisa y el sol lo habían secado para entonces, pero seguía teniendo el bañador mojado e iba descalzo.

Melinda no estaba en el comedor.

Roc se acercó a la cocina y se sirvió una taza de café. Mientras lo bebía, se preguntó qué ocurriría cuando llegaran a puerto y su esposa tuviera acceso a la civilización y a un teléfono.

Si elegía...

Roc prefirió no seguir pensando en ello, así que cruzó el comedor y se dirigió a su camarote.

Melinda estaba sentada en la cama envuelta en un albornoz blanco y con una toalla alrededor de la cabeza para secarse el pelo.

Olía a limpio, a jabón y a champú y, con el pelo retirado de la cara, el color de sus ojos resaltaba todavía más sobre su piel bronceada.

Se quedó mirándolo fijamente mientras Roc cruzaba la estancia y se sentaba en la mesa.

—¿Qué? —le espetó.

—¿Qué haces aquí? —quiso saber Roc.

Melinda bajó la mirada y, cuando volvió a alzarla, Roc se dio cuenta de que le brillaban los ojos.

—¡Estoy acostándome contigo para descubrir todos tus secretos! —contestó a gritos.

Roc se acercó a ella, la agarró de las muñecas y la estrechó entre sus brazos. Melinda no protestó, no se opuso ni dijo nada.

—No me digas eso, Melinda.

—¿No es eso acaso lo que querías oír?

—¡Quiero la verdad! —gritó Roc.

Al instante, se dio cuenta de que había gritado, de que había levantado mucho la voz. No quería que los demás supieran lo que había entre ellos.

Melinda se soltó, se puso en pie y comenzó a pasearse por el camarote como si quisiera mantener las distancias.

—No hay nada que hacer; te diga lo que te diga, no hay nada que hacer. Sin embargo, estos días, pase lo que pase en el futuro, han merecido la pena. Cuando te miro, lo veo en tus ojos…, veo que crees que he venido única y exclusivamente a buscar información para mi padre y para Eric —se lamentó.

Lo había dicho de manera distante y controlada. Roc prefería que se pusiera furiosa porque, al menos, entonces había pasión entre ellos.

Odiaba lo que acababa de oír.

Le habría gustado poder decir que no era verdad, que no creía eso en absoluto.

Sin embargo, lo era.

Roc se puso en pie y avanzó hacia ella. Abrió la boca para hablar. Habría sido mucho más fácil si ella no oliera tan bien.

Si no llevara tanto tiempo echándola de menos, deseándola, si no hubiera sabido que no llevaba nada debajo del albornoz y si no supiera lo dulce y tentadora que podía resultar su desnudez...

—¡No! —murmuró Melinda apartándose de él.

Roc se percató de que estaba al borde de las lágrimas.

—«No» ¿qué?

Melinda sacudió la cabeza.

—Conozco esa mirada tuya —murmuró—. Y no es...

—«No es» ¿qué?

Melinda volvió a sacudir la cabeza.

—¡No me puedes hacer esto! —exclamó nerviosa—. ¡No tienes derecho a acusarme de lo que te da la gana y, de pronto, decidir que da igual porque quieres...!

—Hacer el amor contigo —concluyó Roc.

Lo cierto era que quería apartarse de ella, pero no podía porque el deseo de abrazarla era todavía más fuerte.

—¡Maldita sea! ¡Maldita seas, Melinda! —exclamó levantando los brazos al cielo—. No lo puedo soportar, no lo puedo remediar.

¿Qué quieres de mí? Elegiste a otro hombre...

—Te recuerdo que era mi padre.

—Da igual. ¡Eras mi mujer!

Melinda se giró y se colocó de espaldas a él.

Roc se quedó mirándola, muriéndose de ganas por tocarla, pero de alguna manera consiguió no hacerlo.

—Bueno, parece ser que se va a salir usted con la suya, señorita Davenport. Esta noche la pasaremos en Nassau.

—¿Cómo?

—Lo que has oído. Esta noche atracaremos en el puerto de Nassau. Si te pones en contacto con tu padre o con Longford, te aseguro que te encontraré y te retorceré el pescuezo —le advirtió.

Melinda pasó a su lado en dirección a la puerta. Quería irse de allí, pero Roc la agarró del brazo.

—Suéltame —le dijo enfurecida.

—No.

—No quiero estar cerca de ti.

—¿Por qué has venido?

Melinda se zafó de su mano y lo miró con lágrimas en los ojos.

—¿Nunca se te ha ocurrido que el mundo no es blanco o negro? Puede que mi padre se equivocara, que me ocultara la verdad...

—Te mintió.

—Está bien. Me mintió. Aun así, lo que te hizo no lo convierte en un hombre peligroso ni diabólico.

—¿Qué quieres decirme con eso?

—A lo mejor yo me equivoqué, a lo mejor él se equivocó, a lo mejor tú te equivocaste. ¡Tú tampoco te comportaste de manera perfecta cuando me pediste que le diera la espalda a mi padre!

—¡Después de cómo se comportó conmigo!

—¡Sigue siendo mi padre! —gritó Melinda.

Roc la agarró con tanta fuerza de la muñeca que se obligó a soltarla.

—¿Por qué has venido? —insistió.

—¡Porque todos nos equivocamos! —exclamó Melinda exasperada y mirándolo furiosa—. Porque, esta vez, me parecía que te lo debía, porque quería que ese tesoro fuera tuyo, porque quería ayudarte a encontrar el Condesa.

Melinda estaba temblando, había hablado con pasión y con enfado y Roc intentó que sus palabras no lo afectaran, intentó mantener la calma, pero se moría por dejar caer el albornoz al suelo.

—Entonces ¿me está diciendo, señorita Davenport, que cuando lleguemos a Nassau se va a quedar conmigo en mi camarote?

—¡Sí, pero no me vuelvas a llamar «señorita Davenport»! —contestó Melinda.

Roc se dio cuenta de que llevaba llamándola así desde que había vuelto a aparecer en su vida.

Seguramente, había sido un mecanismo de defensa, parte del muro que había erigido contra ella.

En cualquier caso, le sorprendía que Melinda se hubiera dado cuenta y que le molestara.

—Está bien, señora Trellyn —rectificó—. Cuando lleguemos a Nassau, ¿estás dispuesta a que nos hospedemos en la misma habitación? ¿Te gustaría cenar conmigo y salir a bailar o te irás a la primera oportunidad?

Melinda bajo la cabeza.

—¡Melinda!

—Sí.

—«Sí» ¿qué?

—¡Sí, me quedaré contigo! —contestó Melinda con voz trémula—. Ya te he dicho que he venido para asegurarme de que todo te salga bien...

Roc se dio cuenta de que le temblaban los labios, alargó el brazo y le acarició el inferior, completamente fascinado.

Por fin, se dejó llevar por la tentación, deslizó las manos bajo el albornoz y lo dejó caer al suelo, acariciando la perfección de su piel desnuda.

Se inclinó sobre ella y la besó, la tomó en brazos y se dio cuenta de que, durante un breve instante, Melinda parecía estar tensa, querer resistirse…

Sin embargo, le pasó los brazos por el cuello y Roc le acarició el pelo dorado que se ondulaba sobre sus hombros.

Melinda estaba excitada, tal y como lo demostraban las puntas erguidas de sus pechos. Aquello hizo que Roc gimiera en voz alta, besándola, explorándola, sintiendo la voluptuosidad de su cuerpo, notando su desesperada erección.

De repente, Melinda se apartó, dejó de besarlo y comenzó a acariciarle los hombros y a deslizar la lengua por su cuello.

En un abrir y cerrar de ojos, estaba recorriendo su pecho con la lengua, con los labios y con los dedos, sus pezones, sus costillas.

Siguió la curva de su cuerpo más abajo. Poco después, Roc sintió sus dedos en el elástico del bañador, en las caderas.

Sin pensárselo dos veces se lo quitó.

Melinda se arrodilló ante él y Roc dejó escapar un grito de placer al notar unas manos y una boca alrededor de su erección.

Sintió que el mundo explotaba. La dejó hacer durante un rato y, luego, tiró de ella, la obligó a subir, la besó, la llevó a la cama, se puso sobre ella a horcajadas y se dio cuenta de que el corazón le latía completamente desbocado.

Lo sentía en la cabeza, en el pecho y en la entrepierna.

La volvió a besar y la miró a los ojos.

—Te...

—¿Sí?

—Te deseo —dijo Melinda.

—Está usted de suerte, señora Trellyn, porque aquí me tiene —contestó Roc.

Sí, era cierto. Era todo suyo.

Roc se quedó mirándola de arriba abajo, se deleitó en su cuerpo perfecto, acarició sus pechos, le lamió los pezones y recorrió su anatomía con caricias excitantes.

Melinda le acariciaba el pelo y arqueaba el cuerpo al mismo ritmo que él la iba tocando.

Roc le acarició el abdomen, fijándose en el contraste de su piel bronceada contra aquella parte del cuerpo de Melinda en la que el bañador no permitía que le diera el sol.

La besó en la tripa y formo círculos con la lengua alrededor de su ombligo. Siguió bajando, observó cómo Melinda se retorcía de placer cuando comenzó a tocarla entre las piernas, cuando sus dedos encontraron en el triángulo de vello rubio.

Entonces, se colocó entre sus piernas de rodillas, inclinó la cabeza y comenzó a acariciarla de manera muy íntima con la boca.

Melinda se estremeció y gritó. Roc la tomó entre sus brazos mientras Melinda sentía como las sucesivas oleadas de placer convulsionaban su cuerpo.

Minutos, horas, momentos después, Roc había perdido la noción del tiempo, el mundo entero volvió a explotar, Melinda volvió a estremecerse entre sus brazos, pero en esa ocasión Roc la acompañó en el viaje.

A continuación, volvieron a la tierra y se quedaron un buen rato abrazados, sin hablar. Roc se dio cuenta de que Melinda estaba mirando el techo muy seria. Tenía los ojos húmedos.

—¿Qué te pasa?

Melinda sacudió la cabeza.

—Melinda.

—Yo…

—¿Qué?

—Te lo juro… —murmuró—. Quiero ayudarte a encontrar este tesoro.

Roc la abrazó en silencio y le acarició el pelo.

—Vaya —dijo al cabo de un rato.

—¿Qué pasa? —preguntó Melinda.

—Si queremos llegar a Nassau esta noche, será mejor que me ponga manos a la obra.

Dicho aquello, se puso en pie mientras Melinda se abrazaba a la almohada y se quedaba mirándolo.

—¿Por qué vamos a Nassau?

—Marina necesita hacer compra y, además, Joe y ella están convencidos de que el árbol no nos deja ver el bosque.

Melinda asintió. Había comprendido al instante a qué se refería Roc y no necesitaba más explicaciones.

—Me voy a duchar —anunció Roc.

Melinda volvió a sentir y él se fue a la ducha aunque lo que realmente quería era quedarse en la cama con ella.

Lo cierto era que le apetecía ir a Nassau, tener una lujosa habitación de hotel por una noche, salir a cenar a un lugar maravilloso y disfrutar de la noche con ella en una habitación con aire acondicionado, tal vez con una botella de champán...

—¡Roc!

Roc se paró y se giró.

Melinda se había levantado de la cama y lo miraba con ojos apasionados llenos de emoción.

—Lo que te he dicho, lo he dicho en serio. Es la verdad. Quiero que encuentres este tesoro.

Roc se acercó a ella, la besó en la frente y la volvió mirar a los ojos.

—¿Sabes lo que yo quiero?

Melinda negó con la cabeza y Roc la besó delicadamente en los labios.

—Quiero que seas la señora Trellyn esta noche.

—Parece que ya lo soy...

Eso parecía.

Roc consiguió darse la vuelta y dirigirse al baño.

Al fin y al cabo, les quedaba toda la noche por delante.

Capítulo nueve

LA primera vez que Melinda había estado en el puerto de Nassau, había sentido una extraña afinidad y un especial cariño por el lugar.

En aquella ocasión, era una niña pequeña que pasaba el verano con su padre y, para empezar, entonces el verano era un momento mágico.

El año escolar solía ser duro y estresante. Melinda vivía durante esos meses con su madre, a la que adoraba, pero a la que jamás había llegado a conocer de verdad.

Por eso, se pasaba todo el año soñando con el verano, soñando con navegar en los barcos de su padre, con sentir el viento en la cara, con dormirse mecida por las olas del mar y con correr mil y una aventuras con su progenitor.

Su padre la había llevado a muchas islas de las Bahamas, desde las más habitadas hasta las más desiertas.

Melinda había aprendido rápidamente a amar aquellas aguas tranquilas y azules, las gentes amables y serenas, el sol, las playas mágicas y los arrecifes maravillosos.

Amaba sinceramente esas islas y, a veces, le parecía que lo mejor de todo era no vivir allí, sino volver de vez en cuando.

Nassau, el centro neurálgico de la isla de Nueva Providencia, estaba lleno de turistas y de atracciones turísticas, pero seguía conservando algo del encanto de su pasado.

Nassau había sido una guarida de piratas. Allí se escondían ladrones, asesinos y todo tipo de delincuentes y el lugar había sobrevivido a todos ellos.

Llegar allí siempre era bonito.

A menudo, había enormes barcos de crucero en el puerto esperando a los pasajeros, que se encontraban en tierra firme paseando o comprando, visitando los fuertes o tomando algo en los restaurantes.

En el centro de la ciudad, la mayor parte de los edificios eran del período colonial y, pintados en suaves tonos pastel, daban la bienvenida al visitante que los veía desde el mar.

Allí, los estadounidenses se sentían cómodos.

Roc los dejó en el puerto y se fue con Joe. El plan era que Melinda y los demás buscaran habitaciones para pasar la noche mientras ellos dos encontraban amarre para el barco y compraban combustible.

Marina, que tenía familia en la ciudad,

indicó a Melinda, Bruce y Connie que fueran al hotel que habían elegido mientras ella hacía la compra y les dijo se verían a la hora de cenar.

—¿Quieres que demos una vuelta por Bay Street? —sugirió Connie.

Bruce puso cara de pocos amigos.

—Por mí, de acuerdo —contestó Melinda.

—¿Qué os parece si yo voy a reservar las habitaciones y vosotras os vais a pasear? —sugirió Bruce.

Connie sonrió encantada.

—¡Qué buena idea! —dijo a su hermano.

Así que Melinda y ella se fueron a dar una vuelta y se mezclaron con los turistas. Connie se compró un sombrero de paja en el mercadillo pues el suyo ya estaba destrozado y, a continuación, se dirigieron a las tiendas propiamente dichas donde había aire acondicionado.

Allí, Melinda probó un perfume y se lo dio a oler a Connie.

—¡Qué bien huele! ¿Qué es?

—Creo que es flor de la pasión —contestó Melinda—. Es una flor de aquí.

Connie se quedó mirando la estantería de donde Melinda había escogido el perfume.

—También tienen aceite para baño, polvos de talco… De todo —anunció—. Lo cierto es que en ti huele de maravilla.

Melinda se encogió de hombros.

—Sólo estaba mirando, no me lo voy a comprar.

—¿Cómo que no? Ah, claro, lo dices porque no llevas cartera, ¿no? Pero yo sí me he traído la mía...

—Connie, no quiero que me dejes dinero.

—No, no te lo voy a dejar yo, lo voy a pagar con la tarjeta de crédito de tu marido.

Melinda la miró sorprendida y Connie se encogió de hombros.

—Todos llevamos una tarjeta de crédito de Roc. Es extraordinario trabajar para él, ¿sabes? Jamás nos haría una faena a ninguno. Cuando alguien encuentra algo, Roc se apresura a registrarlo a su nombre y, además, nos paga los gastos. Por supuesto, ninguno abusamos de este privilegio...

—¡Eso no hace falta ni que lo digas! —contestó Melinda.

—De verdad, este perfume huele de maravilla. Deberías comprártelo. Lo voy a pagar con su tarjeta.

Melinda negó con la cabeza.

—No.

—Es tu marido...

Melinda volvió a negar con la cabeza.

—Connie, de verdad, ninguno de los dos

sabía que seguíamos casados, así que no cuenta.

Connie sonrió.

—¿Sabes una cosa? Desde luego, no eres en absoluto como creíamos. No lo digo porque Roc nos hubiera hablado mal de ti, por supuesto que no, pero todos sabíamos, más o menos, vuestra historia. Bueno, no he querido decir eso. Me refiero a lo de que no eres en absoluto como creíamos. Verás, resulta, que eres una de las mejores buceadoras que hay y todo el mundo lo sabe y supongo que los hombres se creen que una mujer tiene que ser dura y... bueno, me parece que no me estoy explicando muy bien...

Melinda sonrió y sacudió la cabeza.

—Bueno, está decidido —anunció Connie—. Me llevo el lote completo, jabón, gel de ducha, espuma para el baño y todo lo demás.

—¡No será para mí!

—Por supuesto que es para ti, y lo paga la tarjeta de crédito de tu marido.

—Pero...

—Te estás acostando con él otra vez, ¿no?

Aquello era absurdo. A Melinda le entraron unas terribles ganas de reírse y se puso de todos los colores al tiempo que se daba la vuelta para ver si alguien más había oído la pregunta.

—Connie…

—De verdad, a Roc no le va a importar.

No había manera de parar a aquella mujer, así que Melinda dejó que comprara aquello diciéndose que así se quedaría contenta y se daría por satisfecha.

Pero en la siguiente tienda a Connie le pareció encontrar un biquini perfecto para ella, así que insistió en que no podía seguir buceando con el mismo bañador todos los días.

Al final, Melinda aceptó no sin antes insistir en que le devolvería el dinero en cuanto pudiera.

—Te aseguro que Roc paga muy bien —contestó Connie.

—¡Mi padre también! —sonrió Melinda.

Pasaron otra hora paseándose por la zona turística y Melinda descubrió que, a pesar de que Connie había estado muchas veces en Nassau, no sabía mucho de su historia, así que le habló de los piratas que habían habitado el lugar en el pasado.

También le contó que cuando Woodes Rogers, el primer gobernador real de Bahamas, llegó a la isla en 1718 no le gustó lo que encontró y decidió convertirla en un lugar decente para vivir.

Estaba tan decidido que consiguió que los piratas limpiaran la isla, e incluso que unos cuantos de ellos se reinsertaran a la vida normal.

Mientras le narraba aquello, pasaron ante unos maravillosos edificios de finales del siglo xviii y Melinda le contó que muchos colonos que había sido leales a Gran Bretaña durante la Guerra de Independencia se habían refugiado allí al perderla.

Hablando y paseando, volvieron al hotel.

Bruce las estaba esperando en el vestíbulo. Ya se había duchado, afeitado y cambiado de ropa y las aguardaba para entregarles las llaves e irse a la terraza a tomar una copa.

—Hemos quedado para cenar a las ocho en el Turtle Room —les dijo.

Melinda y Connie dejaron a Bruce en el vestíbulo y se dirigieron a sus respectivas habitaciones.

Connie se bajó en la segunda planta y Melinda siguió en el ascensor hasta la séptima sin entender muy bien por qué Roc había elegido aquel hotel.

Normalmente, a su marido le gustaban los ambientes antiguos y aquel hotel era uno de los más modernos de la ciudad.

Al entrar en la habitación, lo entendió.

Aquella habitación era el paraíso.

Tenía unos enormes ventanales que daban al puerto, a los edificios antiguos y a toda la ciudad.

A su izquierda, había una puerta que se abría a un espacioso baño y una maravillosa y enorme cama situada a la derecha de los ventanales con un increíble jacuzzi al lado. Además, también había un pequeño bar, con barra y todo, al fondo, una enorme pantalla de televisión y un maravilloso equipo de música junto a la cama.

—¡Guau! —murmuró Melinda.

Dejó las bolsas con las compras en el suelo y se acercó a la bañera para leer las instrucciones de uso.

Aquello era una maravillosa tentación, una tentación a la que no pudo escapar.

Así que depositó un buen puñado de sales de fruta de la pasión y estaba a punto de desnudarse para meterse en el agua cuando llamaron a la puerta.

Al abrir, se encontró con un botones que le entregó un paquete.

—Debe de haber un error...

—No, señora. Es de su marido. Hay una tarjeta.

—¡Ah! —contestó Melinda aceptando el paquete—. Perdón, pero es que... ahora mismo, no tengo dinero... si me das tu nombre...

—No se preocupe, señora, está todo cubierto —le aseguró el botones con una gran sonrisa—. Buenas tardes.

Melinda cerró la puerta y se quedó mirando el paquete. A continuación, se sentó sobre la cama y lo abrió, presa de la curiosidad.

Era un vestido.

Un vestido de colores exóticos, turquesas, azules y verdes, un vestido de tirantes y falda corta, un vestido de una seda maravillosa.

También había ropa interior de seda y un par de sandalias blancas.

Y una nota.

Talla siete de vestido, número ocho de zapatos. Estoy seguro de que mi memoria no me engaña. Por favor, acepta este regalo ya que me apetece que la señora Trellyn luzca esta noche en todo su esplendor con su propia ropa y, además, te lo hago de todo corazón. Nos vemos luego, Roc.

Melinda dejó la caja a un lado y tocó el vestido. Desde luego, era una preciosidad y le quedaría perfecto.

Roc siempre había tenido bueno ojo para comprarle ropa.

—«Te lo hago de todo corazón...» —murmuró en voz alta—. ¿Qué te parece? —le preguntó al vestido—. ¡Yo no quiero un regalo, sino pasar toda la vida con él!

Dejó el vestido sobre la cama y se dijo que

no era correcto aceptar un regalo así de un marido que acababa de descubrir que seguía siendo suyo.

¿O no lo sería?

Melinda apretó los dientes y se preguntó si quería una relación constantemente ensombrecida por las sospechas.

Al instante, sintió una terrible desolación y se preguntó si habría alguna manera de enderezar la situación.

Esa tarde...

Las cosas podrían ser tan maravillosas.

A lo mejor tenía una oportunidad.

Le había costado contenerse y no responder a los comentarios de Roc y esa tarde había hecho un gran esfuerzo para morderse la lengua y no decirle lo mucho que lo quería.

«Te quiero».

Había estado a punto de decírselo, a punto de decirle la verdad, a punto de entregarle el corazón, el alma y el orgullo.

Tenía que esperar, tenía que esperar a que Roc volviera a confiar en ella.

Debía esperar a que se enamorara de nuevo de ella.

Le había contado mucho de lo que había hecho mientras habían estado separados, pero él no le había confiado absolutamente nada.

Se sentó a los pies de la cama y se sintió

abrumada por un momento, pero luego miró la bañera, llena de burbujas de la flor de la pasión, se quitó los pantalones y la camiseta y se metió en el agua.

Estaba caliente, tal vez, demasiado, pero en pocos segundos se había acostumbrado a la temperatura y disfrutaba del baño.

Cerró los ojos y se dejó llevar por la maravillosa sensación de sentir el agua, las burbujas y el aroma envolviéndola.

«Por favor, Dios mío, no permitas que le falle», pidió.

Sin poder evitarlo, recordó el día que Roc se había ido. Cuánto le había costado aceptar su partida.

Al cabo de unas semanas, su padre admitió que había coloreado un poco la verdad y le aconsejo que lo llamara.

Pero, para entonces, Melinda estaba profundamente herida, destrozada, y no quería que nadie lo supiera.

Aun así, lo que le había dicho hoy era verdad: su padre se había comportado mal, pero no era un mal hombre, quería a Roc como a un hijo.

—¡Cabezota! —exclamó Melinda abriendo los ojos.

Los volvió a cerrar y saboreó unos momentos de relajación. Al cabo de unos minutos, oyó una llave en la puerta.

Era Roc.

Llevaba pantalones cortos azules, una camisa vaquera y mocasines marrones. El pelo, demasiado largo, le caía de manera deliciosa sobre la frente.

Al instante, Melinda sintió que el deseo se apoderaba de ella.

Cuánto lo había amado.

Cuánto lo seguía amando.

—¿Te gusta? —preguntó Roc mientras dejaba sobre la cama una bolsa de viaje con lo imprescindible para pasar la noche y los documentos y ojetos que no se atrevía a dejar en el barco.

—Me encanta —contestó Melinda sinceramente.

Roc se acercó a los ventanales a admirar la ciudad, que brillaba ya engalanada con luces artificiales pues estaba oscureciendo.

—Gracias por el vestido —dijo Melinda.

Roc se giró hacia ella.

Melinda pensó en lo mucho que le gustaba todo en aquel hombre, su mandíbula, el color de su pelo, el vívido azul de sus ojos, la preciosa curva de sus hombros...

Roc enarcó una ceja.

—¿Te gusta lo que ves?

A ella le habría gustado contestar algo atrevido, pero se limitó a asentir.

De repente, Roc comenzó a desabrocharse los botones de la camisa, se quitó los mocasines y se bajó la cremallera de los pantalones. Se los quitó y los dejó, junto con los calzoncillos, sobre la cama, y se metió en la bañera.

Melinda se mordió el labio inferior y se estremeció de pies a cabeza. Roc tenía un cuerpo perfectamente bronceado y musculado, que sólo estaba blanco alrededor de las caderas y del sexo por efecto del bañador.

No se le podía agarrar ni un pellizco de grasa, era pura fibra desde el cuello hasta los abdominales y más allá.

Melinda bajó la mirada, deseando que aquel hombre no la excitara tanto, deseando poder mantener las distancias.

A lo mejor, la deseaba de nuevo.

Desear era fácil.

Pero ella quería más.

Quería que Roc la amara.

No quería ser su esposa porque a los dos se les hubiera olvidado pedir el divorcio, quería ser su esposa porque la siguiera queriendo.

Tanto como ella lo quería a él.

Sin embargo, no era el momento de decírselo, había demasiadas cosas pendientes y, además, se acababa de meter en el agua con ella y aquello era fabuloso.

—Gracias por el vestido —le dijo con voz

ronca—. Lo cierto es que no tenía nada que ponerme. Te lo pagaré…

—En estos momentos, eres parte de mi tripulación —la interrumpió Roc—. No me debes nada.

Acto seguido, se sentó frente a uno de los chorros de agua y se relajó.

—Bueno, ya veremos —contestó Melinda.

Roc tenía los ojos cerrados y la cabeza echada hacia atrás.

—¿Te lo has probado? —le preguntó abriéndolos.

—Todavía no. He visto la bañera y…

Roc sonrió y se puso las manos entrelazadas en la nunca.

—Sí, es de lo más tentadora, ¿verdad?

Melinda asintió.

Roc frunció el ceño e inhaló profundamente.

—¿Qué es esto que huele?

Melinda sonrió.

—Flor de la pasión —contestó.

Roc puso cara de pocos amigos.

—¿No te gusta? Connie pensó que te iba a encantar. Me dijo que, como formo parte de la tripulación, me lo podía comprar y pagarlo con tu tarjeta de crédito.

Roc la miró en silencio y sonrió encantado.

—Me gusta para ti.

—¿Siempre compras sales de baño a los miembros de tu tripulación?

—Depende del miembro de la tripulación.

Melinda comenzó a ponerse en pie, pero Roc deslizó un pie hacia ella y la obligó a volver a tumbarse.

—Que yo sepa, eres el único miembro de mi tripulación al que jamás le he comprado sales de baño.

Melinda se quedó mirándolo fijamente.

A los pocos segundos, sintió el pie de Roc de nuevo, que subía por su pantorrilla. Roc sonreía con picardía.

A continuación, sintió el pie en la parte interna del muslo y, por último, en la entrepierna.

—Roc...

Éste sonrió y se acercó a ella.

—Tenemos que hacer el amor —le dijo tumbándose encima de ella—. ¿No olemos los dos a flor de la pasión?

Melinda se rió, pero él le tapó la boca con un beso y la penetró, haciéndola sentir un éxtasis maravilloso.

Siglos después, en la oscuridad de la habitación, serena y saciada entre sus brazos, en la cama, lo oyó suspirar.

—Le he dicho a Bruce que reservara para

cenar a las ocho, así que me voy a duchar para quitarme este olor a flor de la pasión, ¿no, señorita Daven... señora Trellyn?

Melinda sintió que los ojos se le llenaban de lágrimas y asintió en la oscuridad, rezando para que Roc no se hubiera dado cuenta.

Él se puso en pie y se dirigió al baño.

Melinda esperó unos minutos y lo siguió con su pastilla de jabón de flor de la pasión en la mano.

Roc la miró con curiosidad.

Melinda se encogió de hombros.

—¡Bueno, antes me ha salido bien! —bromeó ella.

Al instante, se volvió a encontrar entre sus brazos.

—Melinda, me encanta ese olor. Es sexy y excitante, pero ¿sabes una cosa?

—¿Qué?

—Que tú no lo necesitas

Dicho aquello, la besó.

¿Por qué habían estado tanto tiempo separados?

Melinda se apartó de él temblando.

—Hemos quedado para cenar a las ocho —le recordó.

—A las ocho en punto —contestó Roc.

Melinda salió de la ducha y dio buena cuenta del resto del paquete, desde los polvos de talco a la crema hidratante.

A continuación, se puso unas braguitas de seda, el elegante vestido y las sandalias.

Cuando Roc salió del baño envuelto en una toalla, Melinda se estaba cepillando el pelo y esperándolo.

—Guau.

—Siempre has tenido muy buen gusto —contestó Melinda dando una vuelta para que pudiera admirarla en todo su esplendor.

—Sí, la verdad es que siempre lo he tenido.

Melinda sonrió.

Él se acercó y la besó.

—¿Por qué no vas bajando antes de que no me pueda controlar y te vuelva a desvestir? Seguro que Connie ya está abajo.

—No, prefiero esperarte.

Roc gimió desesperado.

—¡Por favor, vete!

Melinda sonrió aunque se le hacía realmente difícil irse.

—Está bien —accedió.

Mientras caminaba hacia la puerta, plenamente consciente de que Roc la observaba, le entraron unas insoportables ganas de girarse y gritarle «¡Te quiero!», pero consiguió controlarse.

—Te espero abajo —se despidió.

Una vez a solas en el pasillo, se dirigió al Turtle Room y no le costó mucho encontrar su mesa porque los demás ya estaban allí.

Bruce estaba guapísimo con un traje blanco de sport, Connie estaba preciosa con un vestido de flores y los Tobago formaban una pareja de los más atractiva, él vestido de beis y ella, de rojo.

—¡Ven, siéntate! —le dijo Marina al verla entrar.

Melinda fue hacia su mesa, adornada con preciosas flores tropicales. Al sentarse, descubrió que Connie le había pedido el cóctel especial de la casa.

Ella no tenía ni idea de lo que contenía, pero era de color melocotón y llevaba trozos de piña, cereza y naranja.

Al probarlo, se le antojó algo dulce, pero estaba bueno.

Al otro lado del salón, tocaba una orquesta. La noche era perfecta.

—Aquí, la especialidad es el filete de tortuga —le dijo Connie.

Melinda hizo una mueca de disgusto.

—Ya lo he probado otras veces y no me gusta mucho —contestó—. Me dan pena las tortugas.

—¿Y las vacas? No hay animales sobre la faz de la tierra con ojos más humanos que las vacas.

Melinda puso cara de pena.

—¡Prefiero no pensarlo! —admitió.

Roc no tardó mucho en llegar. Llevaba una americana azul claro sobre una camisa abierta, sin corbata, y pantalones oscuros.

Aunque llevaba la ropa en la bolsa de viaje, parecía que la acabara de planchar y estaba guapo y relajado.

Además, el color de la chaqueta enfatizaba el de sus ojos.

Al llegar a la mesa, se sentó junto a Melinda.

—¿Habéis pedido ya?

Melinda negó con la cabeza.

—¿Delfín? —sugirió.

—Por supuesto —contestó Roc—. Por cierto, he averiguado algo sobre el delfín de esta mañana.

Melinda lo miró con las cejas enarcadas.

—Se llama Hambone. Por aquí, todo el mundo cree que ha debido de pertenecer a algún acuario. Por lo visto, juega con todos los nadadores y buceadores que se encuentra.

—¡A lo mejor se queda con nosotros! —exclamó Connie.

—A lo mejor nos da suerte —comentó Marina.

—A lo mejor —contestó Roc.

Melinda sintió una de sus manos en el muslo mientras con la otra él probaba su cóctel.

—¿Qué es?

—No estoy muy segura.

Roc sonrió.

Cuando llegó el camarero, Melinda y él pidieron delfín y los demás, tortuga.

Mientras cenaban, siguieron hablando de Hambone y de las inmersiones que iban a realizar y Roc, sin dejar de acariciarle la rodilla, declaró que le estaba muy agradecido a Melinda por haber encontrado la cuchara.

Según él, de no haber sido así, en aquellos momentos se estaría preguntando si el objeto de su búsqueda sólo estaba en su imaginación.

Sus ojos, azul cobalto, intensos, no se separaron de ella en toda la noche.

Fue una velada maravillosa.

Cuando terminaron de comer, pidieron café. La orquesta estaba tocando y la gente bailaba.

Roc se puso en pie con una melodía lenta y alargó el brazo hacia Melinda, que aceptó la invitación agarrándolo de la mano y siguiéndolo a la pista de baile.

Una vez allí, se apoyó en su pecho y sintió la mano de Roc acariciándole la nuca mientras se movían suavemente al ritmo de la música.

—Qué noche tan bonita —murmuró Roc.

—Sí, realmente bonita —contestó Melinda.

De repente, sintió que Roc se tensaba.

Alguien le había dado un toquecito en el hombro.

—¿Me permites, Trellyn? ¡Me parece que estás bailando con una amiga mía!

Al oír aquella voz, Melinda se quedó helada.

Era Eric Longford.

Era tan alto y fuerte como Roc, pero tenía el pelo rubio y unos ojos preciosos.

«¡Pero no es Roc!», pensó Melinda.

Y entonces el pánico se apoderó de ella al ver cómo miraba Roc al recién llegado.

—Longford —lo saludó educadamente.

—Buenas noches —contestó el otro—. Estaba intentando bailar un poco —añadió poniéndole a Melinda la mano en el hombro.

Melinda intentó retirarse, pero Longford se lo impidió.

No hizo falta.

Melinda sintió la mano de Roc en el otro hombro.

—Trellyn, quiero bailar con la señorita... —insistió Longford.

—La señora está bailando conmigo —contestó Roc.

La tensión iba subiendo por momentos.

A Melinda le entraron ganas de gritar.

Sabía cómo era Roc y lo que estaba pensando. Era obvio que creía que Eric había aparecido allí porque ella se había puesto en contacto con él.

¡Lo cual, por supuesto, no era cierto!

—Trellyn, Melinda y yo…

—Longford, ¿qué te pasa? ¿No entiendes lo que te he dicho o qué? Te lo voy a repetir. Estoy bailando con Melinda y voy a seguir bailando con ella, ¿de acuerdo?

Cada uno la tenía agarrada de una mano y cada uno tiraba en una dirección.

—Eric… —dijo Melinda.

No quería que el asunto se le fuera de las manos. Quería que a Roc le quedara muy claro que ella no se había puesto en contacto con nadie.

¡Maldito Roc! ¡Ya estaba dudando de ella! ¡Aquello la enfurecía!

—¡Un momento! —añadió tirando de ambos hombres.

Sin embargo, no le dio tiempo a hacer mucho más porque sintió un tercer par de manos en sus hombros.

Y, de repente, oyó la voz de un tercer hombre.

—¡Caballeros! ¡Hagan el favor los dos de quitarle las manos de encima a mi hija!

Su padre.

Oh, Dios mío.

Al instante, Melinda sintió que tanto Roc como Eric la habían soltado y se giró.

Sí, efectivamente, era su padre.

Tan alto y guapo como los otros dos aunque algo mayor, lucía su pelo rubio platino del sol y los mismo ojos que ella.

—¡Papá! —exclamó Melinda.

—El que faltaba… Sí, claro, ahora disimula… «¡Papá!» —se burló Roc.

—No creo que sea esa manera de saludarme después de tanto tiempo, Trellyn —apuntó Jonathan irritado.

—Estamos montando un buen numerito —dijo Melinda en voz baja.

—Sí, sería mejor que bailaras conmigo, que para eso estamos en la pista de baile —contestó Eric tomándola del brazo—. ¡Déjalos a solas para que hagan las paces!

—Eric…

—Longford —intervino Davenport muy serio—, te he dicho que no toques a mi hija.

—Exacto —dijo Roc agarrándola de la mano.

Acto seguido, tiró de Melinda con fuerza, que pasó de estar al lado de Eric a chocarse contra el cuerpo de Roc.

—Trellyn… —comenzó su padre.

—¡Ni Trellyn ni nada! —exclamó Roc interrumpiéndolo—. ¡No toquéis ninguno a mi mujer! —aulló.

Y, así, antes de que a nadie le diera tiempo de reaccionar, se giró y se alejó de la pista de baile.

Con Melinda, firmemente agarrada a su lado, por supuesto.

Capítulo diez

ROC no recordaba haber estado nunca tan enfadado.

¡Así que Melinda había ido a ayudarlo!, ¿eh? ¡Seguro!

¡Y, para hacerlo, había llamado a sus amiguitos y a su papaíto!

Roc había tenido que hacer un esfuerzo sobrehumano para no darle un puñetazo a Longford en la cara.

A pesar de que era obvio que estaba furioso con él, había conseguido controlarse, de lo que estaba orgulloso.

A lo mejor, había sido por la repentina aparición de Jonathan Davenport.

Obviamente, no podía con los dos.

Y, además, con Melinda.

Justamente ahora que había empezado a confiar en ella...

—¿Se puede saber qué haces? —gritó Melinda.

¿Qué estaba haciendo? Roc no lo sabía. Suponía que alejarse, dejar la situación atrás antes de que sucediera algo.

Alejar a Melinda de todo aquello.

Al mirarla, se dio cuenta de que ella estaba tan enfadada como él. ¿Habría sido porque la había arrastrado por la pista de baile, la había hecho pasar de largo por la mesa donde estaban los demás y la había metido en el ascensor sin mediar palabra?

—¡Eres el hombre más maleducado que conozco! —le espetó.

—¿Yo?

—Te recuerdo que ése era mi padre...

—Ya, claro.

Melinda intentó soltarse de su mano, pero Roc la tenía asida con fuerza y no se lo permitió.

—Es un buscador de tesoros, exactamente igual que tú, pasa mucho tiempo en el mar, estaba cerca de aquí cuando nos pusimos en contacto por radio y Nassau es un puerto al que viene muy a menudo.

—Qué casualidad.

Melinda lo miró con los ojos entrecerrados.

—Así que crees que lo he llamado yo. Te recuerdo que no me dejabas utilizar la radio.

—Eso duró sólo un día. Sabes perfectamente que podrías haber hecho lo que te diera la gana desde el primer día que estuviste a bordo porque sedujiste a la tripulación con la misma facilidad que me sedujiste a mí.

En aquel momento, se cerraron las puertas del ascensor y Roc apretó el botón de la séptima planta.

Acto seguido, se apoyó en la pared sin soltarla, agarrándola firmemente.

Melinda echó los hombros hacia atrás, indignada.

—Si te crees que voy a compartir la habitación contigo después de lo que me has dicho, estás loco.

—Si te crees que vas a volver con tu padre o con Longford, la que te has vuelto loca eres tú.

—Yo no he citado a mi padre aquí. Pregúntaselo a él se quieres.

Al llegar a su planta, las puertas del ascensor se abrieron y Roc avanzó por el pasillo rebuscando las llaves en los pantalones.

Al entrar en la habitación, soltó por fin Melinda.

Al verse libre, ésta se apartó de él.

—Te aseguro que...

—¡Ni te molestes!

Roc se apoyó en la puerta y se quedó mirándola, sintiendo un terrible dolor en la boca del estómago y en el corazón.

Melinda clamaba su inocencia a gritos, pero tanto Davenport como Longford estaban abajo y no era ningún secreto que a los dos les había interesado siempre el Condesa.

Melinda había admitido que se había

metido en sus redes de pesca procedente directamente de uno de los barcos de Eric, y era obvio que el rubio se moría por ponerle las manos encima.

—No pienso quedarme aquí contigo —declaró Melinda con calma.

Estaba tensa, con los hombros erguidos. El pelo le caía sobre la espalda, los ojos le brillaban con fuerza y tenía el mentón elevado en actitud desafiante.

A Roc le habría gustado que aquella situación no se hubiera producido, que el fuego que lo estaba devorando jamás hubiera surgido.

Le habría encantado poder borrar las palabras que le había dedicado; más que nada en el mundo quería creerla.

Sin embargo, ya se había quemado en el pasado y no se podía arriesgar.

Desde luego, Melinda lo había hecho todo muy bien.

Había aparecido de repente, había admitido que venía de un barco de Longford, había nadado con ellos, había encontrado la cuchara, había seguido buscando y no había encontrado nada.

Pero, claro, tenía sus contactos y allí estaban todos.

Roc sacudió la cabeza sin dejar de mirarla.

—Te tienes que quedar aquí.

—No pienso quedarme en compañía de alguien como tú.

—Claro, tú eres la inocencia personificada. Tú estás decidida a que yo encuentre el tesoro del Condesa...

—Tu comportamiento es horrible.

Roc seguía apoyado contra la puerta. Por lo visto, aquello le daba fuerza.

—No hace mucho tiempo querías quedarte.

—¡Te aseguro que no me voy a ir, ni con mi padre ni con nadie! —le espetó Melinda—. No me puedo quedar contigo después de las cosas de las que me acabas de acusar.

Roc señaló la cama en la que habían pasado momentos maravillosos de abandono no hacía mucho rato.

—Toda tuya —le dijo—. He dormido muchas veces en el suelo, así que sólo necesito la colcha y una almohada.

—¡Me parece que no lo entiendes! —contestó Melinda—. ¡No quiero estar cerca de una persona que está convencida de que soy un ser humano espantoso!

—Me parece que la que no ha entendido nada eres tú. De aquí no te vas a mover.

Melinda se acercó a los ventanales y se quedó mirando la ciudad.

—¡Muy bien, capitán Trellyn! —dijo con frialdad—. Está bien. No saldré de esta habitación. Terminaré la búsqueda sin hablar con nadie, pero no te vuelvas a acercar a mí, ¿entendido?

No volver a acercarse a ella...

Ahora que Roc estaba dispuesto a dejarlo todo por ella, a abandonar la búsqueda para volver a poder abrazarla, ahora que estaba convencido de que Melinda se quedaría con él por voluntad propia.

Roc sintió náuseas, pero consiguió controlarse.

Muy bien, quería que no se acercara a ella y eso era precisamente lo que iba a hacer.

En aquel momento, sonó el teléfono.

Melinda se quedó mirando el aparato, pero no se movió.

El teléfono siguió sonando.

—¡Por supuesto, no pienso contestar y contar los grandes secretos de tu búsqueda!

—¿Por qué no? Seguro que es tu padre o tu querido amigo Longford —contestó Roc en tono sarcástico.

Melinda no se movió, así que Roc cruzó la habitación y levantó el auricular.

—¿Qué?

—Se suele decir «¿Diga?» —contestó Jonathan Davenport.

—«¿Qué quieres?» me parece mucho más apropiado dadas las circunstancias. Claro que me parece que sé perfectamente lo que quieres. Seguro que quieres hablar con tu hija. Bueno, pues lo siento porque esta noche Melinda no puede hablar contigo.

Melinda lo estaba mirando tan furiosa que parecía que iba a explotar, pero Roc se olvidó de ella porque lo sorprendió la contestación de su padre.

—Así que no puedo hablar con ella, ¿eh? Supongo que la tendrás maniatada y amordazada. No, era broma, ya sé que ése no es tu estilo. En cualquier caso, sólo quería asegurarme de que está bien.

—Está perfectamente, la mordaza le favorece un montón —contestó Roc.

—¿Por qué no nos tomamos una copa? —sugirió Jonathan.

—¿Para qué?

—Para hablar, para pedirte perdón.

Roc se quedó helado.

¿Davenport quería pedirle perdón?

Quizá era cierto. Quizá se había dado cuenta de que se había equivocado. Quizá incluso se lo había dicho a su hija.

—Está bien —accedió Roc mirando a Melinda.

—Hay un bar en el vestíbulo principal —dijo Davenport—. Te espero allí.

Roc colgó el auricular sin dejar de mirar a Melinda e hizo un gesto circular con el brazo por la habitación.

—Toda tuya.

—¿Dónde vas? —quiso saber ella corriendo tras él, que iba hacia la puerta.

De repente, lo miraba nerviosa y ya no le hablaba con frialdad.

—Te aseguro que no voy a pegar a tu padre si es eso lo que te preocupa.

Melinda lo miró fijamente.

—No tardaré mucho —añadió.

Acto seguido, salió de la habitación a grandes zancadas, cerró la puerta y se apoyó en ella.

Una vez a solas, se preguntó si Melinda lo seguiría.

No lo hizo.

No le costó mucho encontrar el bar. Allí estaba Jonathan Davenport esperándolo. Estaba sentado en un taburete... con Connie.

Formaban una bonita pareja, ambos delgados y rubios, ambos bronceados. Por supuesto, Jonathan era mayor que ella, pero Connie estaba riéndose encantada por algo que le había dicho y lo miraba con ojos maravillados.

Lo cierto era que Connie estaba guapísima aquella noche y que, a pesar de la diferencia de edad, que debía de ser de dieciséis o diecisiete años, se les veía muy bien a los dos juntos.

De repente, Roc se preguntó qué demonios hacía Connie con el padre de Melinda. ¿Dónde estaba Bruce?

Se recordó que Bruce era su hermano, no su celador, y se dijo que estaba de mal humor y que debía controlarse.

Sólo la curiosidad lo había hecho bajar para hablar con Jonathan. Además, así se aseguraba de que Melinda no hablara con él.

Claro que quedaba Longford.

Roc decidió pedir un whisky, así que cruzó el bar y se sentó al otro lado de Jonathan.

—Hola, Roc —lo saludó Connie—. Yo ya me iba. Supongo que querréis hablar, así que me voy a dar una vuelta.

Y, dicho aquello, se puso en pie y desapareció antes de que a ninguno de los dos hombres les diera tiempo a reaccionar.

Roc pidió su copa y la saboreó mientras miraba al que había sido su amigo y mentor. Jonathan tenía buen aspecto.

—Es un encanto —dijo Jonathan refiriéndose a Connie.

—Un poco joven para ti —contestó Roc.

Jonathan se encogió de hombros.

—A lo mejor, pero yo siempre he sido de la opinión de que los intereses en común y la compatibilidad son más importantes que la edad.

Roc levantó su copa hacia él.

—Eso lo dices porque te estás haciendo mayor.

Aquello hizo reír a Jonathan, que no parecía en absoluto ofendido.

—Así que la tienes atada y amordazada, ¿eh? —preguntó acariciando su vaso de cerveza.

—¿No vas a salir corriendo para rescatar a tu hija?

Jonathan se encogió de hombros y lo miró a los ojos.

—Depende —contestó.

—¿De qué?

—¿Es cierto que mi hija sigue siendo tu mujer?

Roc se encogió de hombros.

—Bueno, lo cierto es que yo nunca me divorcié de ella, así que, si ella no movió los papeles para hacerlo, sí, sigue siendo mi mujer.

Jonathan asintió.

—Entonces… —murmuró.

—«Entonces» ¿qué?

—Entonces, no voy a subir a rescatarla. Esto es entre vosotros dos.

Roc dio un trago al whisky.

—Sabes que venía de uno de los barcos de Longford cuando se metió en las redes del mío.

Davenport hizo una mueca de disgusto.

—Ya sabes que mi hija es algo temeraria.

—No estaba contigo —comentó Roc.

—¡Por supuesto que no! —exclamó Davenport indignado—. Yo jamás le habría permitido hacer algo así y lo sabía. Supongo que lograría convencer a Longford... —añadió interrumpiéndose.

Obviamente, Davenport sabía lo que Roc sentía hacia el otro.

—No estuvieron mucho tiempo juntos, porque la mañana anterior a que tú y yo habláramos por radio Melinda estaba conmigo —lo informó para tranquilizarlo—. Sólo compartieron un día de navegación.

—Desde luego, Jonathan, se ve que tú tienes más ganas de explicar su comportamiento que ella misma.

—Eso será porque no se siente en absoluto obligada a explicarte a ti lo que hace. Al fin y al cabo, hace mucho tiempo que os separasteis.

—Así lo eligió ella —le recordó Roc.

Jonathan asintió.

—Sí, así lo eligió ella porque yo me equivoqué —admitió—. Aquel barco era tuyo. Aunque hubiéramos compartido el tesoro, tendría que haber dicho que el barco lo habías encontrado tú. Supongo que estaba enfadado porque tenías razón, que no podía admitir que me había equivocado. Es tarde. Para mí, es tarde, es verdad, pero no para Melinda...

Roc sintió que el corazón se le aceleraba.

—¿A qué te refieres?

—Bueno, como tú muy bien acabas de decir, entonces eligió una cosa, pero es obvio que ahora ha elegido otra. Ha elegido tu barco, ¿no?

—Sí, pero procedente del de Longford.

—A ver si esto te hace pensar. Longford siempre se ha sentido atraído por ella, pero a ella nunca le ha interesado. Solamente se mostraba educada con él. Te aseguro que lo ha visto varias veces en estos años y jamás ha dejado de ser educada con él, siempre ha sido una amiga. Sólo eso.

—¿Por qué me cuentas esto?

—Porque tienes a mi hija atada y amordazada en tu habitación —bromeó Jonathan.

Roc se echó hacia atrás y sonrió, sintiendo como si el calor del whisky se hubiera expandido por todo su cuerpo y lo hubiera relajado.

—Estaba entre la espada y la pared, ¿sabes? —dijo Jonathan de repente.

—¿Cómo?

—Le hiciste elegir entre su padre y el hombre al que amaba.

—Y eligió a su padre.

—Antes de casarse contigo, yo era lo único que tenía y admito que, en aquel momento, hice todo lo que estuvo en mi mano para que se pusiera de mi lado.

—¿Y ahora?

—Bueno, ahora... Ahora he sentido un gran alivio al descubrir que estaba navegando contigo y no con Longford —contestó Jonathan terminándose la cerveza y mirando a Roc a los ojos.

—¿Eso quiere decir que vas a hacer todo lo que esté en tu mano para que se ponga de mi lado?

Jonathan negó con la cabeza.

—No, tengo muy clara la lección y no voy a hacer nada para que se decante por nadie.

—Entonces...

—Eligió tu barco y ahora está en tu habitación, ¿no?

—Atada y amordazada —le recordó Roc.

Jonathan sonrió.

—Sólo quería decirte que este viejo buscador de tesoros se equivocó hace tres años. Quería pedirte perdón. Espero que encuentres el Condesa. Por lo que me han dicho, vas muy bien encaminado.

—Ya veo que tu hija te tiene bien informado...

—No —lo interrumpió Davenport señalando el taburete que había quedado vacío—.

Esa chica de tu tripulación me estaba contando que mi hija encontró una cuchara que pertenecía al galeón.

Connie.

Hmm.

—Sí, Melinda encontró una cuchara.

—Es una buena buceadora. La mejor. Te aseguro que es el mejor tesoro que encontrarás jamás.

Dicho aquello, Roc se puso en pie.

Tres años eran mucho tiempo. Davenport había cambiado, Melinda había cambiado y él, también.

—Gracias por llamarme —se despidió dándole una palmada del hombro.

Davenport sonrió y asintió.

—Buena suerte.

—¿Con el tesoro o con tu hija?

—Si todavía no te has dado cuenta de que mi hija es el verdadero tesoro, estás ciego, chico.

Eso hizo reír a Roc.

—Lo tendré en cuenta, Jonathan. Buenas noches.

Abandonó el bar ansioso por volver a la habitación, por volver a aquel lugar con vistas tan maravillosas, por volver a las limpias y blancas sábanas.

Por volver junto su mujer.

Si ella lo perdonaba, claro.

Por lo menos, habían compartido unos maravillosos momentos antes...

«Antes de que me comportara como un Neardenthal», admitió Roc para sí mientras avanzaba hacia el ascensor.

A lo mejor, Melinda seguía enfadada y no lo quería perdonar.

Claro que pedir perdón no era tan difícil. Lo acababa de aprender de su suegro.

En aquel momento, alguien le tocó el hombro y Roc se giró. El calor que lo invadía se tornó frío de repente.

Eric Longford.

—¡Eres un caradura, Trellyn! —le espetó.

—No tengo nada que hablar contigo —contestó Roc.

En ese momento, se dio cuenta de que Melinda no estaba esperando arriba, en la habitación, porque estaba justo detrás de Longford.

Sintió que el corazón se le caía a los pies y que la furia se apoderaba de él.

—Quítate de en medio —le dijo a Eric.

No tenía intención de obligar a Melinda a volver con él a la habitación. Ella podía hacer lo que le diera la gana.

Roc fue hacia el ascensor.

—¡De eso nada, Trellyn!

Eric lo volvió a agarrar del hombro y Roc tuvo el tiempo justo de agacharse para evitar el derechazo que iba directo a su rostro.

—¿Qué haces? —exclamó.

Longford lanzó otro golpe que Roc consiguió evitar también y, viéndose obligado a defenderse, lanzó el puño izquierdo, alcanzando de lleno a Eric en el mentón.

El rubio se tambaleó y cayó al suelo.

—¡Roc!

Era Melinda la que gritaba, arrodillada junto a Eric.

—Roc, estas no son maneras...

—Vamos —contestó Roc agarrándola de la mano.

Acto seguido, tiró de ella, obligándola a ponerse en pie. La gente se estaba congregando alrededor de ellos.

Por suerte, habían sido muchos los testigos que habían visto que Eric había comenzado la pelea. Ya se encargaría alguno de recoger al perdedor. Desde luego, no iba ser Melinda la que lo hiciera.

Roc fue hacia el ascensor. Por fin a solas. La puerta se cerró.

Melinda se giró hacia él.

—¡No hacía falta que lo derribaras! —le espetó—. Pegarse no sirve de nada...

—Ha empezado él.

—Tú...

—¡Me ha intentado dar dos veces! Y tú... ¿qué demonios hacías con él?

—¿Cómo? ¡Ah, claro! Bueno, ya sabes, le estaba contando dónde exactamente he encontrado la cuchara —contestó Melinda con tono sarcástico.

—¿De verdad?

Melinda intentó golpearlo, pero Roc la agarró de la muñeca.

—¡No me extraña que Longford quisiera pegarte! —gritó furiosa.

—¿Qué hacías con él?

—¡No estaba con él! —se defendió Melinda intentando zafarse.

En ese momento, se abrieron las puertas del ascensor, Roc la agarró de la mano con fuerza, se sacó la llave del bolsillo, abrió la puerta de la habitación y la metió dentro.

Una vez allí, se apoyó en la puerta.

—¿Qué hacías abajo? —quiso saber.

—No te tengo por qué dar explicaciones. ¡Te estás comportando cada vez peor!

Roc cruzó la habitación y se acercó a ella. Melinda intentó apartarse.

—¡No te acerques a mí! ¡Lo digo en serio!

Sin embargo, Roc siguió avanzando hacia ella, que cada vez se acercaba más a la bañera.

—¡No tienes derecho!

—¡Sólo te he hecho una pregunta! —insistió Roc aproximándose cada vez más.

Se moría por tocarla.

Sólo una vez más.

No podían desperdiciar una habitación como aquella.

—Y yo…

Roc la agarró de los antebrazos y la apretó contra sí.

—¿Qué?

—¡Connie me ha llamado y me ha dicho que estabas en el bar con mi padre! —gritó Melinda furiosa—. ¡He bajado para ver si estabais los dos bien!

Melinda sintió que las lágrimas le nublaban la vista y que Roc la besaba con pasión y la conducía a la cama, sobre cuyo colchón cayeron ambos con fuerza.

—Roc, no me hagas esto —protestó—. No es justo. No es correcto. No…

—Lo siento.

—¿Cómo? —dijo Melinda con los ojos muy abiertos.

¿Cómo había podido vivir sin ella durante tanto tiempo?

Roc la besó en los labios y, a continuación, le agarró la mano, se la llevó a la boca y le besó los dedos uno a uno.

—Lo siento —repitió.

—Volverás a dudar de mí.

—Intentaré que no sea así —prometió—. Melinda, has vuelto a aparecer en mi vida cuando estaba a punto de superar nuestra separación. Mis modales, desde luego, no han sido los mejores y corro el riesgo de volver a comportarme como un canalla.

—¡Entonces pedirme perdón no es suficiente!

—¡Melinda, maldita sea, te quiero! —gritó Roc—. ¿Eso es suficiente?

Melinda se quedó en silencio.

Apenas podía respirar.

—Cielo santo… —murmuró.

—¿Y bien?

Melinda le pasó los brazos por el cuello y lo besó en los labios. Cautelosamente al principio, pero apasionadamente al cabo de unos segundos.

De repente, Roc se apartó.

—¿Y bien?

—¡Sí, es suficiente! —exclamó ella—. ¡Es suficiente!

Entonces los labios de ambos volvieron a encontrarse.

Más tarde, mucho más tarde, Melinda volvió a hablar.

—¿Roc?

—Dime.

—Yo…

—¿Sí?

Melinda se irguió con el pelo alborotado y la mirada perdida.

—Yo también te quiero —admitió—. En realidad, nunca he dejado de quererte. Te juro que lo he intentado, pero...

Roc le pasó el brazo por los hombros y la arrastró a su lado para volver a besarla.

Davenport tenía razón.

Por supuesto, iba a seguir buscando el Condesa, pero ya tenía el tesoro más preciado que podía tener.

Ahora, sólo tenía que conseguir no perderlo.

Capítulo once

—MUY bien, preparados…
Melinda miró a Roc, que estaba situado a un par de metros a su izquierda, y luego a Joe, un par de metros a su derecha. Connie estaba a otros dos metros a la derecha de Joe y Bruce, dos más allá que su hermana.

Estaban todos en el agua, esperando a que Marina diera la señal.

—¡Ya estamos preparados! —gritó Roc exasperado.

—¡Eh, que la que da la salida soy yo! —protestó Marina—. A ver si nos hemos enterado todos, el que llegue primero al barco gana.

—Marina, ya nos hemos enterado —contestó Bruce—, pero, como no des ya la salida nos vamos a quedar como pasas y…

—¡Ya! —gritó Marina.

Por supuesto, Bruce seguía hablando, así que perdió unos valiosos segundos en darse cuenta de que los demás ya habían salido.

Melinda sabía que era muy rápida, pero no estaba segura de poder ganar a Roc. Había salido un segundo antes que él y estaba nadando con todas sus fuerzas.

Era consciente de que había adelantado a Connie y a Bruce. ¿Dónde andaría Joe? Estaba ya muy cerca del barco, ya casi lo podía tocar, cuando Roc la adelantó y la ganó.

Acalorado, se agarró a la escalerilla y lanzó el puño al aire en señal de victoria.

—¡Te he ganado! —le dijo a su mujer.

Melinda se encogió de hombros y sonrió.

—¡Sí, has ganado a tu mujer, que sólo pesa cincuenta kilos! —le dijo Marina desde arriba.

—Bueno, tal vez algo más... —contestó Roc.

—¡Eh! —protestó Melinda.

—Bueno, tal vez no mucho más —rectificó Roc sonriendo.

Acto seguido, subió al barco y ayudó a subir a Melinda.

Joe trepó detrás de ellos.

—Desde luego, a mí me ha ganado tu esposa —declaró sonriendo.

Melinda también sonrió.

—Te recuerdo que hoy no he hecho ninguna inmersión y tú, sí —dijo.

Habían vuelto el día anterior de Nassau y esa mañana habían bajado y habían estado en el barco de la Segunda Guerra Mundial.

Por supuesto, no habían abandonado el puerto tan pronto como Roc tenía planeado.

Para empezar, porque ni él ni ella se habían despertado hasta el mediodía.

Como nadie se había molestado en decirles la hora que era, se habían quedado retozando en la cama.

Retozar era una maravilla.

Cuando se levantaron, Roc tuvo que salir en busca de provisiones, había que comprobar algunas listas y, al final, salieron de Nassau casi al atardecer.

Aquella mañana, Melinda se había levantado cansada, pero no le había importado. Era feliz. No sabía lo que su padre le había dicho a Roc porque no había tenido oportunidad de hablar con él, pero estaba segura de que su padre estaba contento con lo que estaba sucediendo.

De no haber sido así, habría echado abajo el hotel buscándola. Por desgracia, su progenitor y su marido tenían los mismos instintos primitivos cuando se trataba de protegerla.

No le había dicho mucho más a Roc sobre el pasado. A lo mejor, él todavía seguía sin confiar en ella por completo.

O en su padre.

Aunque creía que era comprensible que ella se hubiera puesto de lado de su padre tres años atrás, admitía que lo había hecho, sin pensar, sin dar la más mínima oportunidad a Roc.

Había necesitado tiempo para darse cuenta y ahora tenían todo el tiempo del mundo ante ellos.

Roc seguía buscando el Condesa. Por supuesto. Sin embargo, parecía que ya no tenía tanta prisa por encontrarlo.

Ahora, desayunaban, comían y cenaban con más lentitud y se quedaban contemplando las estrellas en cubierta un buen rato todas las noches.

Seguían despertándose al alba, pero ningún día habían conseguido levantarse antes de las diez y el barco entero, junto con su tripulación, parecía más relajado.

A lo mejor, seguía existiendo una barrera entre ellos, sí. Roc no hablaba del futuro. Por muy bien que les fuera juntos, seguía manteniendo cierta distancia.

Aunque seguía siendo su mujer, aunque compartía su vida, su cama y su trabajo, Melinda no sabía qué ocurriría cuando encontraran el galeón.

—¿Me ayudáis? —pidió Connie subiendo por la escalerilla.

Roc se apresuró a echar una mano a su compañera y a Bruce, que llegaba detrás.

—¡Quiero la revancha! —bromeó Bruce.

—Yo voy a empezar con la cena —anunció Marina.

—¡Yo creo que ha llegado el momento de

tomarse una cerveza! —declaró Peter, que había estado oteando el horizonte con unos prismáticos.

Melinda le sonrió y se dio cuenta de que, aunque hablaba en tono desenfadado, había algo que lo preocupaba.

Se reunieron todos en el comedor y sacaron refrescos y cervezas del frigorífico, haciendo como que iban a ayudar a Marina a preparar la cena, pero entorpeciendo, en realidad, su tarea.

—Melinda, ¿te importaría cortar unas verduras? —le preguntó la cocinera.

—Claro que no —contestó Melinda tan contenta—. Dime qué necesitas que te corte o te filetee y ahora mismo me pongo manos a la obra. Siempre y cuando no sea el capitán —añadió con ternura.

Roc la miró con el ceño fruncido, pero Melinda no le hizo caso y se puso a pelar una zanahoria.

Observó que Roc se acercaba a Peter y que ambos se quedaban mirando el horizonte. Esa noche estaba oscureciendo deprisa.

Estaban todavía en el agua cuando el sol había comenzado a ponerse y, ahora, de repente, ya era de noche.

Melinda se puso de puntillas para observar qué miraban los dos hombres tan atentamente por el ojo de buey y le pareció ver una

212

luz en el agua.

Colocó las verduras en la fuente que Marina le había indicado y dejó a Connie y a Bruce poniendo la mesa, y a Joe marcando uno de los mapas que utilizaban para las inmersiones.

A continuación, salió de la cocina.

—Ya está casi todo preparado —le dijo Marina—. Tómate tu tiempo.

Melinda asintió, salió a la cubierta y buscó a Roc y a Peter. Todavía no había tenido tiempo de ducharse y había refrescado.

Los hombres estaban cuchicheando, pero, cuando la vieron llegar, se callaron.

Roc tenían los dientes apretados, lo que indicaba que, aunque estaba intentando disimular, había algo que no le gustaba.

—¿Qué pasa? —preguntó Melinda.

—Otro barco —contestó Roc.

A Melinda no le gustó el tono en el que lo había dicho y sintió un escalofrío por la espalda que le hizo ponerse inmediatamente a la defensiva.

Roc no tenía derecho a seguir haciéndole aquello.

—Es sorprendente que con lo bonito que es este lugar y la maravillosa temperatura que hace otro barco se decida a navegar por aquí, ¿verdad?

Roc se dio cuenta del sarcasmo y la miró intensamente.

—Bueno, ahora se aleja —intervino Peter—. Ya no es más que un punto en el horizonte. Ya veremos mañana lo que hace, ¿eh, amigo?

—Muy bien —contestó Roc en español.

Había pasado mucho tiempo por el sur de Florida y entendía suficiente español y francés como para contestarle a Peter en español, lo que por supuesto Melinda no entendió.

Lo había hecho adrede y aquello la enfureció, pero apretó los dientes.

Aquel día, se había quedado sola en el barco cuando todos, incluso Marina, estaban en el agua jugando con Hambone.

Y otra vez era culpable. Hiciera lo que hiciera, Roc siempre la iba a culpar de todo.

Obviamente, debía de creer que había utilizado la radio.

¿Y a quién creía que había llamado?

¿A su padre?

¿A Eric?

Llegados a aquel punto, se giró con la intención de irse porque ya no tenía nada más que decirles a ninguno de los dos, a pesar de que Peter le había dedicado una mirada de complicidad indicándole que estaba de su parte.

En cualquier caso, Melinda no necesitaba que nadie se pusiera de su parte porque ella no había hecho nada.

—Melinda, me gustaría hablar contigo

—le dijo Roc con voz cortante.

—Luego —contestó Melinda—. Tengo frío y me quiero duchar antes de cenar.

Y, dicho aquello, se fue a su camarote, tomó prestada algo de ropa a Roc y una toalla y se metió en el baño.

El agua caliente no había hecho más que comenzar a correr por su rostro cuando sintió que alguien abría la cortina de la ducha.

Por supuesto, era Roc.

—¿A qué ha venido todo eso?

Melinda intentó cerrar la cortina, pero Roc se lo impidió.

—¿Te importa?

—Sí, me importa —contestó Roc—. ¿Por qué te has ido así?

—Aparece un barco y crees que he sido yo la que lo he llamado, ¿verdad?

—Aparece un barco y creo que es tu padre.

Melinda ahogó una exclamación.

—¡Llevo el mismo tiempo que tú sin hablar con él! —se defendió furiosa—. ¡Por si no te acuerdas, me dijiste que no podía hablar con él!

—Pero estáis muy unidos.

Melinda maldijo en voz alta y Roc se metió en la ducha sin ni siquiera quitarse el bañador.

—¡No me hagas esto! Roc, te lo advierto...

Roc la tomó entre sus brazos y la besó apasionadamente, acariciándola y apretándole las nalgas al tiempo que se pegaba contra su cuerpo desnudo.

Melinda se apartó, iracunda.

—No puedes ir por ahí acusándome...

—Yo no te he acusado de nada —contestó Roc con voz ronca.

Melinda oyó un golpe y se dio cuenta de que Roc había dejado caer el bañador al suelo y, de pronto, se encontraba de nuevo entre sus brazos.

—Acabas de decir que...

—Lo único que he dicho es que creo que es el barco de tu padre.

—¿Por qué lo crees?

—¡Porque sé que está navegando, sé que está ahí fuera, en algún sitio!

El agua estaba realmente deliciosa y Roc la apoyó contra la pared y comenzó a besarla de nuevo.

Las caricias de Roc y la caricia del agua hicieron que Melinda se excitara al instante y, de repente, estaba sin aliento, intentando discutir, pero olvidando de qué estaban discutiendo.

Sintió las manos de Roc en las caderas, levantándola y dejándola caer suavemente sobre su sexo, indicándole que lo abrazara por la cintura con las piernas.

Mareada por la sensación, obedeció inmediatamente, abrazándolo también con los brazos y acariciándole el pelo.

Cuando sintió su miembro erecto en el interior de su cuerpo, se agarró con fuerza sus hombros.

Roc comenzó a darle placer lentamente y, poco a poco, fue incrementando el ritmo y la velocidad hasta hacerla gozar.

Melinda sintió cómo él la depositaba en el suelo con cuidado y volvió sentir el agua en la cara y los pechos.

A continuación, la sacó de la ducha en brazos, la envolvió en una toalla y la abrazó con ternura.

—Maldición —comentó al comprobar la hora que era.

Melinda lo miró preocupada.

—Me parece que nos hemos quedado sin cenar —declaró Roc.

Melinda le agarró la muñeca, miró el reloj y puso los ojos en blanco pues le parecía imposible que hubiera transcurrido casi una hora desde que había salida a buscarlo a cubierta.

—¿Es que quieres que adelgace? —bromeó.

—¿Por qué dices eso?

—En Nassau, no me dejaste terminarme el filete de delfín —le recordó Melinda sentándose.

—Te recuerdo que no estábamos comiendo sino bailando, y eso fue porque estabas a punto de bailar con Longford.

Melinda apretó los dientes.

—No iba a bailar con nadie —declaró pasando a su lado para ir a vestirse al camarote.

Roc la siguió, pero no se molestó en vestirse sino que se sentó desnudo en la cama y se quedó mirándola.

—Me pregunto qué demonios hacía allí —comentó.

—¡Ya te he dicho que...!

—No te estoy acusando de nada.

—¡Siempre que pasa algo, me miras de cierta manera!

—Es que me gusta mirarte.

Melinda se puso una camiseta de manga larga y unos vaqueros.

—¿Te importaría vestirte, por favor? ¿Qué estará pensando tu tripulación al darse cuenta de que hemos desaparecido los dos juntos?

—Supongo que habrán pensado que estábamos haciendo el amor en mi camarote —contestó Roc sin darle importancia.

—¡Roc!

Él se echó a reír, se levantó, le puso las manos en los hombros y la besó delicadamente en los labios.

—Ahora voy —dijo.

Melinda asintió, pero, por alguna razón, su mirada la dejó desazonada. A pesar de que Roc le había asegurado que todo estaba bien, era obvio que existían barreras entre ellos.

Y ella ya había vuelto a arriesgar el corazón.

Melinda se estremeció al darse cuenta de que aquello se había convertido en algo mucho más peligroso de lo que parecía al principio.

Al fin y al cabo, ella solamente se había tirado al mar y había esperado a que la recogiera una red de pesca.

Mientras que ahora...

Ahora el listón estaba mucho más alto, más alto que las riquezas del Condesa.

A la mañana siguiente, Melinda se despertó antes que Roc y se vistió rápidamente. Una vez en la cocina, tras comprobar que era la primera que se había levantado, hizo café y preparó el desayuno.

Se estaba tomando la primera taza, había frito el beicon y había conseguido hacer una buena montaña de huevos revueltos con pimientos y champiñones cuando apareció Marina bostezando y sonriendo encantada al ver que alguien la había sustituido en la cocina.

—¿Por qué no vas a despertar al capitán amablemente con una taza de café? —le sugirió la cocinera.

Melinda sonrió encantada y se dirigió a la puerta.

—Melinda —la llamó Marina.

Ella se volvió con curiosidad y se encontró con que Marina la estaba mirando muy seria.

—Eres un buen fichaje, ¿sabes?

Aquello hizo que Melinda sonriera encantada de nuevo.

—Gracias.

Tal y como le había sugerido Marina, entró en el camarote del capitán con una taza de café.

Mientras entraba y cerraba la puerta, recordó los celos que había sentido de Connie.

No había sido hacía mucho tiempo.

Ahora, Connie era una gran amiga.

Y le estaba llevando café a Roc a la cama... aunque aquellos ojos azules la miraran con recelo...

Lo encontró despierto, apoyado cómodamente sobre una almohada y con la sábana por la cintura.

Al verla llegar, sonrió, como un rey, y Melinda supuso que estaba esperando a que le llevara el café.

—Gracias —le dijo aceptando la taza que le entregaba y haciendo que se sentara su lado—. Me encanta llevar a mi mujer a bordo. Esto de que te sirvan el café en la cama es un lujo maravilloso.

—No te podrás quejar... —contestó Melinda—. Antes te lo traía Connie.

—Sí, pero no a la cama.

Melinda se encogió de hombros.

—Me parece a mí que, si tú hubieras querido, te lo habría traído.

—A lo mejor.

—¡Te voy a tirar el café por encima como no tengas cuidado con lo que dices! —le advirtió ella.

Eso hizo reír a Roc.

—Tienes celos, ¿eh?

—De eso, nada.

—¿Cómo que no? No tienes nada de lo que avergonzarte, sentir algo de celos es bueno.

—Sí, sobre todo, para el otro, ¿verdad? Hace que el ego se infle.

Roc asintió.

—Entonces el tuyo debe de estar por las nubes —comentó.

Melinda lo miró con el ceño fruncido.

Roc parecía tenso de repente.

—¡Longford! Lo cierto es que me encantó pegarle —dijo Roc apartándole un mechón de pelo de la cara—. Si me enterara de que te ha puesto la mano encima...

—¿Qué?

Roc negó con la cabeza y la mirada que le dedicó hizo que Melinda se sintiera muy bien.

—El desayuno ya está casi listo. Te tienes que levantar.

—Ya estoy levantado —bromeó Roc.

Melinda se apartó de la cama riéndose.

—¡Yo ya no me puedo saltar una comida más! ¡Voy a adelgazar demasiado!

—Ahora mismo voy —se comprometió Roc apartando las sábanas—. ¿Vas a bucear conmigo por la mañana?

—Sí —contestó Melinda teniendo buen cuidado de no apartar la mirada de sus ojos.

—Estupendo.

Una hora y media después estaban preparados para la inmersión.

Peter estaba en el puente de mando con los prismáticos, pero no había ningún otro barco a la vista.

Parecía que estaban solos, únicamente en compañía del cielo y del mar.

Connie y Bruce se tiraron primero y, pocos segundos después, los siguieron Melinda y Roc, adentrándose en aquel mundo exótico y maravilloso que tanto los fascinaba.

Una vez bajo la superficie, nadaron en dirección al barco de la Segunda Guerra Mundial.

Los acompañaban unos cuantos peces payaso y, a los lejos, flotaba una medusa.

Algo brillante que sobresalía en la arena llamó la atención de Roc, que se acercó, acompañado por el ruido de su propia respiración y las burbujas de aire que se elevaban hacia la superficie.

De repente, sintió que algo se movía a sus espaldas y, al girarse, comprobó que era Hambone.

Roc se quedó observando al animal, pero rápidamente volvió la atención hacia el objeto de la arena, escarbando cerca de uno de los mástiles del pecio hundido.

Hambone volvió a pasar a su lado y, unos segundos después, estaba jugando con Melinda, que lo acarició y se agarró a su aleta para nadar un rato con él.

Roc volvió a mirar hacia el mástil y escarbó un poco más en la arena.

Nada.

No sabía qué era lo que había visto.

Miró en dirección a Melinda y vio que se dirigía al interior del barco. De repente, había desaparecido siguiendo al delfín.

Roc suspiró. No le gustaba que Melinda

desapareciera. Se apresuró a seguirla, impulsado por los fuertes movimientos de sus aletas.

Allí estaba, volviendo hacia él.

Parecía emocionada e intentaba hablar. Al darse cuenta de que, obviamente, era imposible, levantó las manos.

Tenía un objeto completamente cubierto de algas. De hecho, estaba tan cubierto que era increíble que lo hubiera visto.

Tenía la forma de una caja.

A lo mejor era un joyero...

Roc asintió y, dándose impulso en el suelo, salieron a la superficie. Una vez allí, llamó a Joe, que se apresuró a ayudarlos a salir del agua.

—Habéis encontrado algo, ¿verdad? —dijo con la caja en las manos mientras Melinda se quitaba el equipo de buceo.

—¿Algo? —contestó Roc—. Yo creo que sí.

Acto seguido, tomó la caja entre sus manos. Medía veinte centímetros de largo por diez de ancho y otros diez de fondo.

La tapa estaba abollada y Roc la golpeó con cuidado.

—Creo que es latón.

Acto seguido, se dirigió al comedor y allí encontró una pequeña hendidura para abrir la caja.

Melinda estaba detrás de él, junto con Marina y con Joe. Peter estaba en la cubierta, gritándoles a Bruce y a Connie, que acababan de aparecer en la superficie, que se dieran prisa.

La caja se abrió.

Dentro no había algas.

El brillo de las gemas era espectacular. El joyero estaba lleno a rebosar de collares, pendientes, broches y pulseras.

—¡Dios mío! —exclamó Melinda.

Roc la miró a los ojos.

—¡Menudo hallazgo! —exclamó—. ¿Cómo lo haces?

—¿Y tú cómo sabes en qué aguas había que buscar? —sonrió Melinda.

—Tengo que consultar el inventario del Condesa, pero creo que hemos encontrado algo importante, chicos —dijo Roc.

—Deberíamos anunciar el hallazgo.

—Prefiero esperar un poco y saber exactamente dónde está el barco —apuntó Roc—. Hemos dado un paso muy importante. Sólo serán un par de días más.

—¿Qué tal todo por ahí abajo? —dijo Bruce desde cubierta.

—¡Ya subimos! ¡Ya veréis lo que hemos descubierto! —contestó Roc.

Dicho aquello, comenzaron a subir las escaleras que llevaban a cubierta. De repente, apareció Peter.

—Ya veréis lo que hemos encontrado nosotros —anunció muy tenso.

Roc miró a Melinda, que volvió a tener aquella desagradable sensación de frío.

—¿Qué pasa? —quiso saber Roc—. ¿Otro barco?

—No, no es otro barco sino dos —contestó Peter—. ¡Y vienen a toda velocidad hacia aquí!

Capítulo doce

SÍ, efectivamente había dos barcos muy cerca, uno por el sur y otro por el norte.

Peter le pasó los prismáticos a Roc.

Melinda vio cómo se tensaba al mirar hacia el norte y cómo se quedaba helado al mirar hacia el sur.

Ella no necesitaba prismáticos para reconocer los dos barcos.

El del norte era el barco nuevo de su padre y el del sur era el maravillosamente equipado barco de búsqueda de Eric Longford.

En menudo lío estaba metida.

No hacía falta que Roc dijera nada.

Obviamente, le echaba la culpa de lo sucedido.

—Tenemos compañía —dijo Peter.

—Ya no importa —contestó Bruce—. Tenemos la cuchara y el joyero. Tendríamos que ir a puerto, hacer el papeleo y volver con el equipo pesado.

Roc bajó los prismáticos y señaló hacia el sur.

—Se están tirando desde el barco de Longford —comentó—. Y nosotros sin saber exactamente todavía dónde está el Condesa. La verdad es que es realmente increíble, ¡increíble!, que después de todas estas semanas, Davenport y Longford sepan exactamente dónde estamos.

No estaba mirando a Melinda.

Ni falta que hacía.

Había hablado con frialdad y sarcasmo.

Ella se preguntó de repente qué demonios estaba haciendo su padre, qué demonios le estaba haciendo a ella.

A continuación, sintió un terrible escalofrío en la espalda que le recorrió el cuerpo entero y terminó congelándole el corazón.

No podía cambiar las cosas.

No podía volver al pasado.

Algo se había roto entre Roc y ella hacía tres años y las barreras que él había levantado volvían a estar alzadas.

Le echaría la culpa de lo que estaba sucediendo en un abrir y cerrar de ojos.

Melinda era consciente de que no podía cambiar la situación y de que tampoco podía vivir con ella.

Así que se alejó del grupo.

Llevaba puesto el mismo bañador negro con el que había llegado y estaba decidida a no volver a discutir con Roc.

A lo mejor, había llegado el momento de irse.

—¡Nos están llamando por radio! —anunció Connie corriendo hacia el puente de mando.

Roc la siguió a toda velocidad.

Melinda no oía la conversación desde donde estaba, pero un segundo después apareció Roc y la miró furioso.

Al principio, no dijo nada, se limitó a mirar el barco de Longford.

—Era para ti —anunció por fin—. Eric te invita a que vuelvas a su barco —añadió con suma y fingida educación.

Melinda sintió que palidecía, pero mantuvo la dignidad.

—Jamás.

—También está tu padre, por supuesto. Lo cierto es que, con que uno de ellos supiera dónde estábamos, el otro no ha tenido más que seguirle. A lo mejor, no has llamado a Longford, pero sí a tu papaíto...

—¡Roc! —exclamó Connie.

—Roc, a lo mejor... —comenzó Peter.

—¡Esto es algo entre nosotros! —los interrumpió Roc mirando fijamente a Melinda—. ¿No te das cuenta de que yo quería confiar en ti? Dios mío, esto es increíble, esta mujer chasquea los dedos y yo corro tras ella como un cachorrillo. ¡Es lo único en el mundo que me puede!

Obviamente, estaba muy enfadado, pero

había algo más en su voz. ¿Angustia? Ya no importaba.

Era imposible que estuviera sufriendo lo que estaba sufriendo ella, que sentía como si le hubieran clavado un cuchillo en la garganta.

A lo mejor no se había ganado por completo su confianza, pero no se merecía aquello.

—¿No tienes nada que decir? —gritó Roc.

No, no tenía nada que decir.

Todo había terminado.

—¿No vas a decir nada? —insistió él.

Melinda se acercó, sintiendo como si el corazón se le partiera en mil pedazos, se paró justo delante y lo miró a los ojos.

—¡No! —contestó con sequedad.

—Dios mío, así que admites que...

Melinda quería irse con dignidad, pero aquello era demasiado.

Sin pensarlo, lo abofeteó con tanta fuerza que le dolía la palma de la mano.

En aquella ocasión, había testigos del final de su relación. Ahora, sí que Roc podía decir que era la mujer de hierro, la bruja de los mares.

No había nada que hacer.

Melinda sentía que las lágrimas le nublaban la vista.

Roc no hizo nada, se limitó a llevarse la mano a la mejilla.

Melinda se giró, saltó por encima de la barandilla y se zambulló en el agua en dirección norte.

Nadó una buena distancia por debajo del agua y, cuando salió a la superficie, oyó a Roc que la llamaba.

—¡No, de eso nada! ¡Vuelve inmediatamente aquí!

Melinda miró hacia atrás y vio que Roc saltaba también al agua. Entonces, volvió a mirar hacia el barco de su padre, que parecía haberse alejado.

Comenzó a nadar de nuevo, pensando que se había tirado al agua antes que Roc y que nadaba casi tan rápido como él.

Así que se puso a nadar a toda velocidad, pero, aunque parecía imposible, dos segundos después, Roc estaba a su lado agarrándola con fuerza de la cintura, lo que hizo que los dos se sumergieran.

Entonces la soltó y Melinda volvió a la superficie. Roc apareció a su lado. Melinda lo miró con disgustó y, de repente, vio la aleta del delfín.

Hambone.

Claro, por eso había llegado tan rápido.

—¡Vuelve al barco! —gritó Roc.

—¿Para qué?

—Para acabar con todo esto.

Melinda negó con la cabeza con lágrimas

231

de nuevo en los ojos.

—Esto ya está terminado. Terminó hace tres años, pero yo no me había dado cuenta y...

—¡Vuelve al barco! —insistió Roc.

—No pienso darte ninguna explicación...

—No vas a volver ni con tu padre ni con Longford...

—¡Claro que voy a volver con mi padre! —gritó Melinda comenzando a nadar con determinación de nuevo.

Pero sintió una mano en el tobillo que tiraba de ella hacia atrás.

Con la fuerza que estaba haciendo para moverse, cualquier otra persona se habría ahogado.

Cualquier otra persona, pero no Roc.

Él consiguió no soltarla por mucho que ella se revolvía y pegaba patadas.

Melinda no se había sentido tan triste jamás por que Roc la tocara. Sabía que, dijera lo que dijera no la iba a creer y, aunque lo seguía amando a pesar de estar enfurecida con él, iba a tener que dejarlo.

Llegaron a la escalera del Crystal Lee y Melinda no tuvo más remedio que subir a bordo.

Connie la esperaba con una toalla y la cara desencajada.

Roc subió tras ella y le puso la mano en el hombro.

—¡No me toques! —le advirtió Melinda—. ¡No me toques y no me hables! No tengo nada que decirte.

—¿Ah, no? ¡Te recuerdo que hay dos barcos en las inmediaciones! —gruñó él.

Melinda intentó alejarse, pero Roc la agarró con fuerza del brazo y la obligó a girarse hacia él.

—¡Dime cómo demonios han llegado aquí! —gritó agarrándola con fuerza de los antebrazos.

Hablaba con frialdad y determinación, pero le temblaban los dedos.

—¡Vete al infierno! —contestó ella.

—¡Ya basta! —intervino Connie—. ¡He sido yo! —añadió bajando la mirada—. ¡Roc, he sido yo!

—¡Oh, Connie! —exclamó Melinda—. Connie, no...

—Connie... —dijo Roc.

—¡No lo entiendes! —dijo Connie mirándolos a ambos—. La otra noche, estuve un buen rato con Jonathan Davenport. Estuvimos hablando en el bar, cuando tú llegaste, y luego...

Melinda se quedó mirándola con los ojos muy abiertos.

¿Connie y su padre?

—Roc, ese hombre quiere ayudarte. No quiere el Condesa, sólo quiere que sea para ti y, naturalmente, está preocupado por su hija. Sólo ha venido a ayudarte. ¡Estoy segura! Lo siento, Roc, no quería causarte problemas.

Roc sacudió la cabeza y soltó a Melinda.

—No pasa nada, Connie. Nos han seducido a los dos.

—¿Hay alguien en casa?

Al oír aquello, todos se giraron y vieron a Jonathan Davenport, que estaba atando su lancha a la escalerilla del Crystal Lee.

Llegaba vestido con pantalones cortos, a torso desnudo e iba descalzo. Tenía el pelo revuelto y los ojos más azules y brillantes que nunca.

Melinda se quedó mirando a su padre y se dio cuenta de que era un hombre guapísimo que sólo tenía cuarenta y tantos años.

A lo mejor, era el hombre perfecto para Connie y Connie era la mujer perfecta para él...

Si sobrevivían a lo que iba a pasar a continuación, claro.

Jonathan miró hacia donde estaban Roc y Melinda.

—Esta vez casi te gana, ¿eh? —le hablaba a Roc—. ¿Me he vuelto loco o me ha parecido ver que te ha ayudado un delfín?

—Sí, me ha ayudado un delfín —admitió Roc.

—¿Qué tal estás, pececillo? —preguntó

Jonathan a su hija con cariño.

—¿Pececillo? —se burló Roc—. ¡Más bien, barracuda!

Melinda le dio una patada y Roc hizo una mueca de dolor.

—Hola, papá —murmuró ella.

Lo cierto era que sentía unas ganas terribles de abrazarlo. Era su padre y estaba dispuesto a hacer cualquier cosa para ayudarla.

—Bueno, no me gustaría interrumpir, pero creo que deberíais saber que Eric tiene buceadores en el agua —anunció Jonathan—. ¿No tenéis nada que sirva para demostrar que habéis encontrado el barco?

—Melinda ha encontrado un par de cosas —contestó Roc—, pero todavía no sabemos exactamente dónde está el galeón.

—El radar no detecta nada... —comentó Jonathan.

—El radar sólo detecta un barco de la Segunda Guerra Mundial —le informó Roc.

—Tengo una idea, a ver qué os parece. Melinda se vuelve conmigo a mi barco junto con uno o dos buceadores más. Así, parecerá que sólo he venido a rescatar a mi hija. Tú, por supuesto, te vas a puerto, donde registras el hallazgo del Condesa. Mientras tanto, Melinda estará bajo el agua, buscando. Si estáis tan cerca, es obvio que lo tenéis que tener delante de las narices.

—No creo que Melinda quiera volver a bucear para mí —murmuró Roc.

—Sí, sí quiero —contestó la aludida—. Quiero que este barco sea tuyo —añadió con frialdad—. Lo que más quiero en estos momentos es encontrar ese maldito galeón y...

—Melly —dijo su padre—, no tenemos mucho tiempo.

—¡No quiero que lo haga! —gritó Roc—. No pienso dejar a mi mujer en mitad del mar...

—Ya no soy tu mujer.

—¿Cómo que no?

—Como que no.

—¿Os importaría disculparnos un momento? —dijo Roc agarrándola de la muñeca y tirándose al agua.

Ambos cuerpos se sumergieron y salieron a la superficie. Melinda había tragado agua.

—¿Se puede saber qué haces? —le espetó—. ¿Me quieres ahogar o qué? ¡Ya es la segunda vez que lo intentas hoy!

—¡Es la única manera que se me ocurría de poder hablar tranquilos!

—¿Ahogándome?

—No estaba intentando ahogarte. ¡Sólo quería estar a solas contigo unos minutos! ¡No me quieres escuchar!

—¿Qué yo no te quiero escuchar? ¡Esto sí que tiene guasa! Te he rogado y te he suplicado, he quedado como una idiota, he sido sincera...

—¿De verdad?

—No me has escuchado ni una sola vez desde que llegué. Dijera lo que dijera, daba igual.

—Lo siento.

—¡No es suficiente!

—Melinda, ambos hemos cometido errores, pero...

—¡Tú has cometido muchos más que yo últimamente!

—Efectivamente, tienes razón —admitió Roc.

—Mira, me voy a ir con mi padre y voy a encontrar ese maldito galeón para ti. Luego...

—Luego hablarás conmigo. ¡Si no me prometes que hablarás conmigo, abandono la búsqueda ahora mismo y dejo que Longford se lo lleve todo!

Melinda lo miró a los ojos y se dio cuenta de que hablaba en serio.

A lo mejor Roc tenía razón.

A lo mejor había llegado el momento de dejar atrás el pasado.

—Está bien —accedió—. Hablaremos cuando hayamos encontrado el Condesa.

Roc alargó la mano por debajo del agua para sellar el pacto.

—Sé nadar, gracias —dijo Melinda al ver que no la soltaba y avanzaba hacia el barco.

—Ya lo sé —contestó Roc sin soltarla.

Ella no tenía ganas de discutir, así que dejó que la condujera.

—La verdad es que no os entiendo —dijo Jonathan ayudando a su hija a subir y mirando a Roc a los ojos—. Lleváis años hablando del Condesa, meses buscándolo, semanas a punto de descubrirlo y, ahora que lo tenéis aquí mismo, ¿perdéis el tiempo discutiendo?

—No estábamos discutiendo —contestó Roc.

—Sólo estábamos hablado —añadió Melinda.

—¿Y?

—Y Roc va a puerto con el Crystal Lee y yo me quedo contigo —contestó Melinda.

—Muy bien —aplaudió su padre—. Entonces en marcha. Eric ya tiene gente buceando y, a lo mejor, por desgracia para nosotros, encuentra algo.

—Roc, Bruce y yo también vamos a bucear —anunció Connie mirándolo como pidiéndole perdón.

Era obvio que se sentía culpable.

Roc suspiró exasperado.

—No pasa nada, Connie, no pasa nada.

—Roc...

—Connie, vamos —la llamó Melinda.

A continuación, se quedó mirando a su marido y apretó los dientes, haciendo gran un esfuerzo para que no se le saltaran las lágrimas.

Sentía unas terribles ganas de correr hacia él y perderse entre sus brazos, pero no era el momento.

Así que se obligó a girarse y a bajar por la escalerilla hasta la lancha de su padre. Sentía la mirada de Roc clavada en ella.

Connie y Bruce la siguieron. Jonathan bajó el último, puso la lancha en marcha y enfiló hacia su barco a toda velocidad.

—¡Las botellas de oxígeno! —exclamó Melinda de repente.

—No te preocupes, hay muchas en mi barco —le aseguró su padre.

—Melinda, lo siento, lo siento mucho —se disculpó Connie.

—No hay nada que sentir —dijo Jonathan—. Dicen que «bien está lo que bien acaba», ¿no? Bueno, pues nosotros todavía no hemos acabado con esto, así que hay que ponerse manos a la obra.

—El Condesa está aquí mismo —les recordó Bruce.

Hicieron el resto del recorrido en silencio, acompañados únicamente por el sonido de las olas.

Al llegar al barco de Jonathan, Jinks los ayudó a subir. Los estaba esperando con los equipos de buceo preparados.

Melinda sonrió. Eso demostraba que su padre sabía lo que iba a ocurrir.

Entonces sintió una profunda tristeza y, de pronto, sintió a su alrededor los brazos de su progenitor.

—No me ha creído, no confía en mí, papá.

Su padre la agarró de la barbilla y le alzó el rostro.

—Ese marido tuyo es un poco duro de pelar, pero tienes que entenderlo. Él creía que sus heridas estaban curadas y ha visto cómo se han abierto de nuevo cuando tú has aparecido. En cualquier caso, te aseguro que todo va a salir bien.

—¿Cómo lo sabes?

—Lo sé porque te quiere.

Melinda sonrió encantada.

—Jinks, ayúdame a ponerme las botellas. ¿Tienes mis aletas favoritas?

—Claro que sí —contestó el ayudante de su padre.

En pocos minutos, Melinda estaba lista para tirarse al agua, así que se sentó en la barandilla a esperar a Connie y a Bruce.

Desde allí, se quedó mirando el Crystal

Lee, que desaparecería en el horizonte en cualquier momento.

Decidió que, cuando volviera a aparecer, ella tendría el Condesa en bandeja de plata para Roc.

—Este regulador no me gusta —comentó Jinks.

—Cámbialo —le indicó Jonathan.

Melinda sonrió.

Su padre era tan puntilloso como Roc con las cuestiones de seguridad. Al igual que su marido, se había enfadado varias veces con ella por no observar todas las precauciones.

Se estaba empezando a impacientar.

—Bajo —anunció.

—Espera, no bajes sola —contestó Bruce.

—No pasa nada —contestó Melinda—. No creo que tardéis mucho, ¿no?

—¡Melinda! —gritó su padre.

Demasiado tarde.

Melinda ya estaba bajo la superficie.

El agua estaba excepcionalmente bonita con aquella luz de la tarde, que arrancaba preciosos destellos del arrecife de coral que tenía ante sí.

Avanzó hacia el barco de la Segunda Guerra Mundial pues la tenía muy intrigada. Allí había encontrado el joyero.

Siguió nadando, observando la plataforma. Al cabo de un rato, agarró algo oxidado que sobresalía y tiró con fuerza.

Al principio, no pasó nada, así que, exasperada, volvió a tirar.

Por fin, cedió un poco.

No mucho.

Volvió a tirar.

De repente, se encontró con la pieza en la mano.

Había tirado con tanta fuerza que, al soltarse la pieza, había salido despedida hacia atrás y se había quedado sentada sobre la arena.

Ahora, había arena por todas partes y no veía con claridad, pero sí oyó el ruido que hizo el casco del barco al deslizarse unos metros arrecife abajo.

Aquel movimiento generó una fuerte corriente y Melinda se agarró a un trozo de madera para que no la arrastrara.

Cuando las aguas se calmaron, miró el trozo de madera al que se había agarrado y se dio cuenta de que era muy antiguo.

Con el corazón en un puño, siguió el mástil de madera hacia abajo y se encontró con un mascarón de proa enorme que representaba el rostro de una mujer con la melena al viento.

Melinda sintió que el corazón se le desbocaba.

Había encontrado el Condesa.

De repente, notó que el agua se había oscurecido, que no entraba el sol y, con el ceño fruncido, miró hacia arriba.

Un barco estaba bloqueando los rayos del sol.

No... no era un barco. Al menos, no era un simple barco. Estaba sucediendo algo. Melinda no veía con claridad.

El agua no estaba completamente tranquila, estaba llena de arena, estaba oscura, estaba...

¡Estaba roja!

Melinda tragó saliva y se quedó sin aliento al darse cuenta de lo que estaba sucediendo.

Tenía un barco sobre su cabeza y el agua estaba roja.

El agua estaba roja porque alguien estaba echando sangre y peces muertos al mar para atraer tiburones.

Ya había un buen grupo de tiburones moviéndose frenéticamente.

Ella creyó morirse.

Jamás le habían dado miedo los tiburones. Normalmente, mantenía las distancias y los animales, también. Además, no había buceando mucho en aguas con tiburones.

Si alguna vez un escualo había demostrado más interés del normal, siempre alguien en el grupo lo espantaba con un arpón eléctrico.

Melinda sabía que muchos de los ataques que se producían eran porque los tiburones confundían a los surfistas, que iban encima de sus tablas moviendo las manos y los pies, con leones de mar, su comida habitual.

Melinda nunca había tenido miedo, pero ahora estaba completamente aterrorizada.

Los tiburones no estaban muy lejos, tal vez a unos nueve o diez metros por encima de su cabeza.

Cada vez acudían más.

Los había de todos los tamaños, más grandes y más pequeños, pero todos estaban nerviosos por la sangre, nadaban en círculos y comenzaban a pelearse entre ellos.

Melinda se quedó mirándolos, horrorizada.

De repente, uno avanzó hacia ella, pero, en el último momento, le cayó un trozo de pescado cerca y se entretuvo, volviendo hacia arriba en busca de más comida.

Melinda se quedó pegada al casco de madera del galeón que acababa de descubrir.

Por lo visto, Eric también lo había descubierto.

Melinda no se podía creer que aquel hombre, que había sido su amigo, quisiera el tesoro del galeón con tanta desesperación como para…

«Matarme», pensó.

No tenía manera de defenderse de los tiburones y el agua estaba cada vez más ensangrentada.

Sintió que los ojos se le llenaban de lágrimas y que la desolación se apoderaba de ella.

Entonces recordó cómo había querido correr por la cubierta y abrazar a Roc, recordó sus ojos y le pareció que casi podía sentirlo junto a ella, allí, en la inmensidad del océano.

Pero no había corrido hacia él, no, lo que había hecho había sido alejarse de él.

No lo había perdonado…

Y, ahora, a lo mejor, ya era demasiado tarde. Cuando Roc volviera, encontraría los restos del Condesa y, probablemente, también los de su esposa.

Melinda tomó aire e intentó controlar el miedo.

Cuando estaba levantando la muñeca para comprobar cuánto tiempo de oxígeno le quedaba, sintió un fuerte golpe en la espalda que la hizo gritar de pavor.

Capítulo trece

ERA increíble cómo las cosas podían cambiar tan deprisa.

Roc estaba levando el ancla tranquilamente, sintiendo el sol de la tarde sobre sus hombros cuando se dio cuenta de que el corazón se le encogía al pensar que, tal vez, aquella vez sí que la había liado.

El tiempo le había enseñado que el orgullo no servía para nada. Por lo visto, no había aprendido bien la lección.

En el pasado, se había alejado de Melinda, seguro de que ella lo había traicionado. A lo mejor entonces había tenido razón, pero no importaba.

Esta vez no la tenía, y tampoco importaba.

Lo único cierto era que no podría soportar perderla por segunda vez.

En eso estaba pensando, en perderla, cuando vio que Jonathan le hacía señas desesperado.

—¡Capitán! —exclamó Peter—. ¡Dios mío! ¡Mira el agua!

Roc así lo hizo y vio que el agua se había teñido de sangre.

Al instante, sintió que el corazón se le encogía.

En ese instante vio que el tercer barco, el de Eric Longford, se alejaba a toda velocidad.

Roc sintió que el pánico se apoderaba de él al imaginarse que las hélices del motor hubieran hecho trizas a uno de los buceadores...

¿Bruce? ¿Connie? ¿Melinda?

Ay, Dios mío.

Entonces se dio cuenta de que el barco de Jonathan iba hacia ellos a toda velocidad. De hecho, iba tan deprisa que parecía que iban a colisionar. En el último momento, los motores se pararon y oyó que Jonathan le gritaba algo.

—¡Ese canalla! ¡El muy hijo de...!

—¿Qué ocurre?

—¡Ha echado sangre y despojos en el agua! ¡Ha debido de encontrar algo y quiere que le dé tiempo de ir a registrar el barco a su nombre! ¡Mira cómo está el agua! ¡Y Melinda está abajo!

Roc sintió que el corazón se le paraba. Hacía unos segundos, tenía miedo de perderla, pero de otra manera.

Ahora todos podían perderla definitivamente.

Jinks, el fiel y eficaz amigo que tanto tiempo llevaba con Jonathan, estaba preparando un equipo inmersión.

Por lo desesperado que estaba Jonathan, Roc temió que se fuera a tirarse al agua sin botellas.

—¡Espera! —dijo.

—¡No hay tiempo que perder! —gritó Jonathan—. ¡Sólo le queda una hora de oxígeno! Tengo que...

—Lo que tienes que hacer es apartar tu barco de la sangre. Yo bajaré a buscarla.

—No...

—Jonathan, soy más rápido que tú.

—¡Es mi hija!

—¡Y mi mujer!

—¡Eh, amigos! —intervino Joe Tobago—. El que vaya a bajar, ya puede ir preparado. He visto varios tiburones azules y un par de blancos. Son realmente peligrosos. Señor Davenport, si usted retira un poco su barco y nosotros nos acercamos un poco, puedo intentar disparar a unos cuantos y crear cierto revuelo. Así, al capitán Trellyn le daría tiempo de bajar por su hija. ¿Qué le parece?

—¡Es lo mejor, Jonathan! —insistió Roc.

Mientras hablaban, Peter había preparado el equipo de Roc. Además del regulador, las botellas, las aletas y las gafas, le puso dos cuchillos y dos arpones eléctricos que daban buenas descargas si los animales se acercaban.

En todos los años que llevaba buceando, Roc sólo había utilizado el arpón un par de veces.

Nunca le había gustado cazar tiburones porque siempre había sido de la opinión de que el mar era muy grande y había sitio para todo.

Ahora, sin embargo, rezó para que Joe los matara a todos.

Había muchos tiburones en el mar y sólo una Melinda en el mundo.

Se puso el equipo a toda velocidad y decidió que, pasara lo que pasara, tenía que conseguirlo.

Tenía que encontrar a Melinda y salvarla porque, ahora se daba cuenta, su vida sin ella no tenía ningún sentido.

—¡Allá voy! —anunció

—¡Procura no acercarte a la sangre! —le advirtió Jonathan.

Roc tenía muy claro que no se iba a acercar.

Temía no estar dándose la suficiente prisa como para que le diera tiempo de encontrar a Melinda, así que le hizo una señal a su suegro, se sentó en la barandilla y se dejó caer hacia atrás, bajando a toda velocidad hacia el fondo marino.

Una vez allí, comprobó que Peter ya había comenzado a disparar. De hecho, había alcanzado a un tiburón azul.

Así, había conseguido que los demás comenzaran a devorarlo y no se fijaran en él, que pudo dirigirse al lugar donde creía que encontraría a Melinda.

Gracias a Dios, los tiburones, que ya eran veinte o treinta, no lo habían detectado. Sólo les interesaba una cosa: comer.

En pocos minutos, habían devorado al tiburón que Peter había disparado, que había servido de cena a sus congéneres sin ni siquiera estar muerto del todo.

Roc apartó la mirada del espectáculo y se dirigió al lugar donde Melinda había encontrado el joyero.

De repente, se encontró con un tiburón de frente.

Sin pensarlo dos veces, le dio una descarga eléctrica con el arpón.

El animal se estremeció y se alejó a toda velocidad.

Roc se dijo que debía ir con mil ojos y, mientras nadaba, no podía dejar de pensar en aquel pobre tiburón azul al que sus compañeros acababan de comerse.

Rezó para que no hubieran hecho lo mismo con Melinda.

No podía ser.

Roc llegó al barco de la Segunda Guerra Mundial y lo rodeó, teniendo mucho cuidado para no encontrarse con otros tiburones.

Miró hacia arriba y comprobó que Peter había alcanzado a otro ejemplar. Maravilloso Peter. Estaba consiguiendo que los animales se distanciaran del barco hundido.

Roc siguió bajando.

La temperatura del agua era agradable, no en vano vivían allí tantos tiburones. Roc recordó haber leído hacía poco que incluso habían llegado a aquellas aguas algunos ejemplares blancos.

Se dijo que no tenía que seguir pensando en eso.

Lo que tenía que hacer era encontrar a Melinda.

De repente, se encontró con un muro de madera y no lo reconoció, seguro de no haberlo visto nunca antes.

A los pocos metros, había una placa completamente tapada por las algas, pasó la mano por encima y vio unas letras: *desa*.

Había encontrado el galeón.

Un poco tarde.

Por lo visto, Longford también lo había encontrado.

Y Melinda.

Miró el galeón hundido y se dio cuenta de que ya no le importaba en absoluto. Lo único que le importaba ahora era encontrar a su mujer.

El pánico se apoderó de él al comprobar que cada vez llegaban más tiburones a pesar de los esfuerzos de Peter por alejarlos del lugar.

Siguió nadando y, al rodear el mascarón de proa, se chocó contra algo.

Milagrosamente, era Melinda.

Ella estaba a punto de gritar.

Por supuesto, había visto los tiburones.

Había visto cómo las tranquilas y azules aguas se teñían de rojo y se convertían en una piscina de sangre.

Y, por supuesto, había dado por hecho que Roc era un tiburón.

Se suponía que el mundo submarino era un mundo silencioso, pero aquello no era completamente cierto porque Roc oyó gritar a Melinda con total claridad.

—¡Soy yo! —le dijo quitándose el regulador de la boca.

Melinda lo miró con los ojos muy abiertos.

Obviamente, estaba aterrorizada.

No era de extrañar con el espectáculo que estaba teniendo lugar sobre sus cabezas.

Al verlo, pareció relajarse y lo abrazó con fuerza.

Roc le devolvió el abrazo y se dio cuenta de que todavía había una esperanza, tenían una oportunidad de salir juntos de todo aquello.

Melinda estaba a punto de quedarse sin oxígeno, así que Roc le indicó que dejara sus botellas allí porque iban a compartir las de él.

Mientras Melinda se deshacía de su equipo, Roc se quitó el regulador de la boca y le indicó que tenían que nadar hacia el norte, hacia el barco de su padre.

Melinda asintió.

Acto seguido, le entregó uno de los arpones eléctricos y le pasó el regulador.

—¡Roc, es el Condesa! —exclamó Melinda tras tomar aire.

—Sí, ya lo sé, pero ahora lo importante es salir de aquí.

Melinda asintió y lo besó.

—Te quiero. Has venido a buscarme —le dijo con los labios antes de volver a ponerse el regulador que compartían.

—Habría ido a buscarte al fin del mundo —contestó Roc de igual manera.

Dicho aquello, ambos inhalaron oxígeno y Roc le indicó el largo del casco del Condesa.

Melinda asintió, indicándole que había entendido.

Lentamente y con cuidado, comenzaron a avanzar pegados al casco de madera.

Habían recorrido la mitad cuando un tiburón azul se acercó con curiosidad. No era muy grande, pero estaba muy cerca, fascinado por la sangre.

Roc no se lo pensó dos veces y le sacudió una descarga.

El animal se apresuró a alejarse.

No se podían arriesgar. Aunque era un ejemplar pequeño, tenía dientes afilados y un solo mordisco...

¡Atraería a muchos más!

No debía dejarse llevar por el miedo. Roc se recordó que había investigadores que llenaban el agua de sangre adrede para poder estudiar a los tiburones.

A veces, los acompañaban cámaras y ellos sobrevivían porque mantenían siempre la cabeza fría.

Siguieron avanzando pegados al casco del galeón y Roc no pude evitar pensar que se le hacía extraño haberlo encontrado después de tanto tiempo y estar utilizándolo para escapar.

El galeón tenía treinta metros de eslora y estaba muy dañado. Además de la cantidad de años que llevaba sumergido, había tenido que aguantar el peso del navío de guerra.

Ambos buques habían sido víctimas del mar y Roc estaba decidido a que ellos dos no corrieran la misma suerte.

Miró hacia arriba y comprobó que el agua en esa parte no estaba tan roja. De hecho, le pareció ver la silueta del barco de Jonathan.

Para llegar hasta allí, iban a tener que salir de detrás del casco del Condesa, que los estaba protegiendo.

Roc le indicó a Melinda que tomara bastante aire y le señaló el barco de su padre.

Melinda asintió.

Le señaló también el arpón y Melinda volvió a asentir.

Lo cierto era que habían buceando tantas veces juntos que formaban un equipo muy coordinado.

Espalda contra espalda, comenzaron a ascender hacia el norte.

De repente, apareció un tiburón pequeño que se acercó demasiado. Roc le dio una descarga. El tiburón se dio la vuelta, pero no se fue.

Llegó un segundo tiburón. Era un tiburón azul. A los pocos segundos, había un tiburón martillo y otro azul.

Los animales nadaban en círculo a su alrededor.

Demasiado cerca.

Demasiados tiburones.

Melinda le leyó el pensamiento y se giró hacia él, le sacó el regulador de la boca, tomó oxígeno y lo dejó caer.

Con los tiburones a su alrededor, le pasó los brazos por el cuello y lo besó.

El último beso.

Entonces, Roc sintió un fuerte golpe en el cuerpo y esperó, seguro de que en breve sentiría el mordisco, pensando en que, a lo mejor, cuando el tiburón lo estuviera devorando, podría lanzar a Melinda hacia arriba.

Sin embargo, no sintió nada.

Claro que ya le habían advertido que los tiburones mordían con tanta velocidad que, veces, los buceadores de siquiera se daban cuenta.

Se miró la pierna, casi esperando no verla, pero allí estaba.

Los tiburones se estaban alejando.

¡Era Hambone!

El delfín estaba junto a ellos, defendiéndolos, enfrentándose a los tiburones. Hambone se colocó de manera que pudieran agarrarse a su aleta dorsal y los sacó de allí.

El delfín surcó las aguas a toda velocidad. Parecía saber que tenían que ir hacia el norte.

Pasada la mancha de sangre, a pocos metros del barco del padre Melinda, Roc soltó la aleta del delfín y Melinda y él salieron a la superficie.

—¡Gracias a Dios! —oyeron que exclamaba alguien.

Roc miró hacia arriba y vio a Jonathan, asomado por la barandilla. Parecía veinte años mayor, pero estaba feliz.

—¡Melinda! —dijo a su hija tendiéndole la mano para que subiera a bordo.

—¡Papá!

Sin embargo, Melinda no aceptó la mano de su padre inmediatamente sino que se giró hacia Roc y se quitó las gafas.

—¡Hambone! —exclamó volviendo a sumergirse.

Roc la siguió.

Efectivamente, el delfín los había seguido y los esperaba para jugar un rato. Melinda le rascó la tripa y Roc le acarició el lomo y lo miró a los ojos intentando transmitirle mentalmente su agradecimiento.

A continuación, agarró a su mujer de la muñeca y le indicó que había que subir a bordo.

Una vez en la superficie de nuevo, Jonathan ayudó a su hija a trepar y Connie y Bruce ayudaron a Roc.

Pocos segundos después, Melinda y él estaban envueltos en sendas toallas y con una taza de café en la mano.

—Lo habéis conseguido —dijo Jonathan—. ¡Lo habéis conseguido! ¡Gracias al cielo!

—Gracias a Roc —sonrió Melinda mirando a su marido.

—¡Gracias a Hambone! —exclamó Roc.

—¡Gracias a todos! —gritó Jonathan—.

¿No os ha pasado absolutamente nada?

—Absolutamente nada —contestó Melinda—. En cuanto vi a Roc, supe que todo iba a ir bien.

De repente, se puso en pie dejando caer la toalla al suelo, le entregó la taza de café a Bruce y se quedó mirando a su marido muy seria.

—¡Oh, Roc! ¡Has vuelto a buscarme y el canalla que ha intentado asesinarnos a los dos se va a salir con la suya y se va quedar con el Condesa!

Roc se puso en pie dejando caer también su toalla y también le entregó la taza de café a Bruce.

—¿Y a quien le importa el Condesa? —contestó—. Tu padre me dijo no hace mucho tiempo la verdad mayor que he escuchado jamás. Por mucho que busque en el mar, yo ya he encontrado mi tesoro. Si me perdonas por haber dudado de ti tanto, te prometo que jamás olvidaré que tengo el tesoro más grande con el que un hombre puede soñar. Tú.

En ese momento, se hizo el silencio en el barco. El sol se estaba poniendo y la luz era maravillosa.

—Roc, eso ha sido precioso —dijo Melinda.

—¿Podemos empezar de nuevo?

—¡Sí, claro que sí!

Entonces él tomó a su mujer entre los brazos y la besó mientras los últimos rayos del sol bañaban sus cuerpos y Jonathan carraspeaba.

—Bueno, todo esto ha sido muy bonito, pero me parece que yo tengo la guinda del pastel —declaró.

Roc y Melinda se volvieron hacia él.

—¿Y eso? —preguntó Roc—. ¿De qué se trata?

—El Condesa es tuyo —contestó su suegro.

Roc enarcó una ceja.

—Jonathan, por mucho que nos empeñáramos en convencer a la policía de que Eric quería matarnos para quedarse con el barco, no lo conseguiríamos. Dentro de una hora, aquí no va a quedar ningún rastro que demuestre lo ocurrido.

Jonathan sonrió y se sentó en la barandilla.

—Ya, pero resulta que cuando ese canalla llegue a puerto se va encontrar con que el Condesa ya tiene propietario.

—¿Lo has registrado tú? —exclamó su hija.

—Sí y no —contestó Jonathan.

—Te me has vuelto a adelantar otra vez —dijo Roc sin rastro de rencor.

Jonathan negó con la cabeza.

—Lo he registrado, sí, pero a tu nombre. Resulta que el mismo día que esa sanguijuela dejó a mi hija en mitad del océano para que las redes de pescar de tu barco la recogieran, hice una inmersión y tuve suerte. Encontré lo mismo que mi hija, unas cuantas cucharas de plata —le explicó encogiéndose de hombros—. No había encontrado el barco, pero... bueno, sabía que no podía andar muy lejos, así que lo registré diciendo que trabajaba para ti.

Roc se quedó mirando a su suegro con los ojos muy abiertos.

—Si lo has encontrado tú...

—¡Yo no lo he encontrado! Yo creía que no tenías ni idea de lo que decías, pero la última vez que dudé de ti me arrepentí... en muchos aspectos...

—Pero, Jonathan...

—Roc, el barco es tuyo. Siempre lo ha sido y no habría justicia en el mundo si no lo aceptaras.

—No sé...

Melinda se dio cuenta de que Roc se había puesto muy serio.

—Jonathan, una cosa es creer que sabes dónde está un barco y otra muy diferente es encontrarlo —insistió.

Sin embargo, su suegro le tendió la mano.

—Tengo el presentimiento de que vamos a volver a trabajar juntos..., hijo.

—Me has enseñado tanto... —contestó Roc.

—Te puedo asegurar que tú a mí también. ¿Qué dice usted entonces, capitán Trellyn?

A Melinda le entraron ganas de gritar de frustración al ver que Roc seguía dudando.

Qué orgulloso era aquel hombre.

Por fin, sintió que él se relajaba y vio que estrechaba la mano a su padre.

—¿Trato hecho? —dijo Jonathan.

—Trato hecho —contestó Roc.

—¡Guau! —gritó Melinda.

Acto seguido, besó a su marido, a su padre, a Bruce, a Connie y a Jinks.

Para entonces, el Crystal Lee navegaba junto a ellos y decidieron que estaba mejor equipado para celebrar una fiesta a bordo, así que dejaron el de su padre anclado y todos, incluido el viejo Jinks, subieron a bordo del Crystal Lee.

En un abrir y cerrar de ojos, les contaron a los demás lo que había sucedido y cómo el Condesa era de Roc.

El champán no tardó en correr y todos comenzaron a besarse y a abrazarse. Acto seguido, Roc anunció que Melinda y él se iban a duchar y a cambiarse de ropa y los demás los despidieron con un brindis.

A Melinda le pareció que a su padre se le saltaban las lágrimas, pero no podía asegurarlo porque Roc tiraba de ella hacia el camarote y, un minuto después, la puerta estaba cerrada.

Pocos segundos más tarde, se encontró entre sus brazos, disfrutando de sus besos y del calor de su cuerpo.

—Dios mío, qué miedo he pasado —murmuró él—. No te puedes ni imaginar lo mal que lo he pasado. Creía que te había perdido.

—¡Has venido a rescatarme! —contestó Melinda—. A pesar de los tiburones, a pesar de la sangre…

Roc la apartó de sí medio metro y la miró a los ojos.

—¿Eso quiere decir que seguimos casados?

Melinda asintió mirándolo a los ojos.

—Siempre y cuando tú no tengas intención de divorciarte de mí.

—Nunca —le aseguró Roc—. Te repito lo que te he dicho hace un rato. Tengo muy claro que he encontrado el tesoro más maravilloso de mi vida.

—Oh, Roc —suspiró Melinda mientras él la tomaba en brazos y la dejaba sobre la cama—. Eso ha sido realmente bonito.

Roc sonrió, se tumbó a su lado y le bajó

el tirante del bañador para depositar un beso sensual en su hombro.

—Eres más preciada para mí que cualquier tesoro que el mar pueda ofrecerme —dijo, y la besó en la boca—. ¿Me perdonas?

—¡Sí, claro que sí! —gritó Melinda.

—¡Entonces no necesito más!

Melinda le pasó los brazos por el cuello y lo besó de nuevo.

Roc le quitó el bañador y eso hizo que se estremeciera y temblara de deseo.

Al final, estaban vivos y se tenían el uno al otro, pero...

—Roc, le hemos dicho a mi padre que ahora volvíamos...

Roc se rió.

—Tu padre no es tonto.

—Pero el resto de la tripulación...

—El resto de la tripulación tiene muy claro que estamos haciendo el amor de manera desenfrenada y loca en el camarote.

—¿Y...?

—¡Y eso es exactamente lo que vamos a hacer! —exclamó Roc besándola con pasión—. ¿Algo que decir en contra?

Melinda sonrió encantada.

—No, estoy deseando empezar.

Epílogo

—¡QUÉ bonito! —exclamó Melinda mirando el mar.

Aquel día amenazaba tormenta y no había mucha gente en el barco de avistamiento de ballenas que había salido del puerto de Plymouth esa tarde.

Obviamente, a la gente no le había apetecido hacerse a la mar con aquel tiempo, pero el riesgo de tormenta no había echado atrás a Roc y a Melinda.

Habían tardado meses en sacar los tesoros del Condesa, pero habían sido meses muy buenos.

Su padre había trabajado con ellos, codo con codo, y se había creado un vínculo entre los tres que jamás se rompería.

Melinda se sentía la mujer más feliz del mundo.

Roc estaba decidido a que hicieran un viaje para celebrar su quinto aniversario, quería celebrarlo por todo lo alto aunque hubieran estado separados los últimos tres años de matrimonio.

Había decidido que iban a hacer algo diferente, así que habían dejado los lugares de clima templado en los que normalmente solían moverse y se habían ido a Nueva Inglaterra.

Sin embargo, no habían podido olvidarse por completo del mar y Roc le había sugerido que fueran a ver ballenas y Melinda había accedido encantada.

—¡Allí sopla una! —gritó alguien.

Todo el mundo corrió hacia la barandilla para ver a la espectacular criatura.

—¿Has leído la carta de Connie? —le preguntó Roc a Melinda de repente.

Melinda negó con la cabeza y decidió que aquel podía ser un buen momento, mientras esperaban a que otra ballena saliera a la superficie, así que sacó la carta del bolso y la abrió.

—¿Cómo han podido? —exclamó al leerla.

—¿Qué pasa? —quiso saber Roc.

—¡Se han casado a escondidas!

—¿Quién?

—¡Connie y mi padre! —contestó Melinda mirándolo con una mezcla de enfado y regocijo en los ojos.

—¿Y te sorprendes? Estaba claro que había algo entre ellos desde hacía tiempo.

—Ya lo sé, pero podrían haber esperado... quiero decir... me habría gustado estar allí y...

—Te recuerdo que tu padre no es preci-

samente un crío y puede hacer lo que quiera
—rió Roc.

—¡Oh, vaya! ¡Claro, ahora lo entiendo
todo!

—¿Qué pasa?

—¡No les ha quedado más remedio que
hacerlo así, deprisa y corriendo, porque voy
a tener un hermanito!

—¿Qué dices?

—Sí, Connie está embarazada.

—Vaya, vaya.

—Así que ahora Connie es tu suegra —
bromeó Melinda.

—Eso parece.

—O sea, que mi padre será el abuelo de
nuestro hijo y Connie será madre y abuelas-
tra y, entonces, ¿qué será nuestro hijo de...?

—¿Nuestro qué?

Melinda lo miró y sonrió.

—Nuestro hijo —repitió—. Esto es lo que
pasa cuando uno no para de hacer el amor
de manera desenfrenada en un camarote...

—¿De verdad? —rió Roc.

Melinda asintió y él la tomó entre sus
brazos y la besó.

—¡Allí! ¡Allí sopla una! —gritó alguien.

Pero ni Melinda ni Roc hicieron caso porque estaban concentrados en besarse.

—¿Será niño o niña? —se preguntó Melinda.

—Da igual —contestó Roc.

Melinda lo miró con una ceja enarcada.

—¡Sea lo que sea, será el tesoro más grande que el mar nos haya dado nunca! —añadió con una gran sonrisa.

Melinda volvió a sonreír y lo besó.